GOBOOKS & SITAK GROUP©

GOBOOKS
& SITAK
GROUP ©

三日月書版

三日月書版

輕世代
FW245
今宵異譚
zabu
卷二
魍魎之夜
四隻腳
三日月書版

目錄 ディレクトリ

沈默
待業中。人類。

尉遲九夜

職業不明。身分不明。

第一章

圍爐夜話

大四那年夏天，和許多大學畢業生一樣，我面臨了畢業就失業的窘境。

在如今這個競爭激烈、經濟又不景氣的環境下，想要找到一份自己喜歡、並且薪水還能過得去的工作，實在不是一件容易的事情。

從學校出來，我差不多在家裡「閒置」了一個月，父母急得整日整夜地催我，催我去找工作，催我去上班，看他們擔憂得滿面愁容的樣子，無奈之下，我撒了一個謊。

我騙他們說我找到了工作，於是，每天西裝革履戴著領帶，假裝出門去上班。

可是一出家門，我便沒了方向，只能奔波於各大人力銀行繼續投履歷，就這樣，日子過去了一天又一天。

後來，父母不斷地詢問我的工作狀況，問我公司怎麼樣，和同事相處得好不好，問我主管和不和善……

一個接一個的問題連珠炮似地射過來，問得我難以招架。

我被他們問得煩了，於是，又撒了第二個謊，佯稱公司要派我出差，便收拾了行李，狼狽地從家裡逃了出來。

我住進了A君家裡。

A君是我在網路論壇上結識的朋友。我們曾經一起出來吃過幾頓飯，喝過幾次酒，彼此聊得很投機，性格默契，也算是意氣相投吧。

A君的家遠離市區，是一幢獨棟的兩層別墅。

我第一次踏進他家時，忍不住感嘆：「哇喔，你家好大，原來你是有錢人家的少爺啊！難怪整天不用工作卻又活得那麼逍遙！」

A君只是笑了笑，沒有說話。

跟我比較起來，他算是個沉默寡言的人，模樣斯斯文文，臉蛋也生得非常俊俏，是屬於很受女孩子歡迎的那種類型。

我沒有問他的年齡，但是我猜想，他應該和我差不多年紀。

住在A君家裡的第一晚，我沒有睡好，總覺得心事重重，輾轉難眠。

今後的出路問題困擾著我。

一直到凌晨兩點，我仍然睜著眼睛，睡意全無，於是索性爬起來，走到一樓客廳，打算取出筆電再刷新一下人力銀行網站的訊息。

沒想到剛走到樓梯口，便看到了A君，他正坐在壁爐旁。

現在是夏天，但不知怎麼回事，這屋子總令人覺得涼颼颼的。

壁爐燃著火光，裡面的火焰蹭蹭跳動。

我不禁失笑，說：「那麼熱的天，你居然還點壁爐？」

A君坐在一張看起來很舒適的皮沙發裡，捧著一本很厚的書。

他抬起頭，意外地看了看我，說：「那麼晚了，怎麼還不睡？」

「睡不著。」

我苦笑著，慢慢走下樓梯。

A君合起手裡的書，微笑說：「我也沒有睡意，不如，喝點紅酒？」

「好主意。」我點點頭。

於是，A君從酒窖裡取來一瓶上好的佳釀，打開，一人倒了一杯。

「你在看什麼書？」

我在壁爐邊坐下，一邊品著紅酒，一邊指了指櫃子上那本厚厚的書。

A君笑著搖搖頭，道：「這不是書，是筆記。」

「哦？筆記？」

我詫異地看著他。

他拿起那本「厚書」，隨意地翻開，淡淡地說道：「這些年來，我搜集了一些奇特的故事，這些故事，有些是我自己的親身經歷，有些是我朋友的經歷，還有些，是從別人那裡聽來的。我把這些經歷一一記錄下來，每當晚上睡不著，便會翻開這本筆記看看。」

「哦？那麼厚一本筆記，裡面一定記錄了不少故事吧？」

我興致盎然地盯著那本筆記本。

A君轉過頭，用一種微妙的眼神看著我。

沉默了幾秒鐘後，他問：「想不想聽故事？」

「嗯！想！」

我幾乎是不假思索地立刻回答。

A君無聲地笑了笑。

於是，我們兩個人圍著壁爐，開始講起了故事。

這個故事的經歷者，是A君的一個朋友，名叫小路。

小路是個網站編輯，平時非常喜歡攝影，雖然談不上是攝影師，也勉強可以算是個業餘攝影愛好者。

為什麼說是「勉強」呢？並非因為他的攝影技術差，而是因為他有個很特殊的癖好——他喜歡拍攝靈異場所。

每當看到網路上流傳哪裡鬧鬼，又或者道聽塗說什麼地方出現不明物體，他便會帶著相機，興致勃勃地跑去那個地方一個人守夜。不過，他此舉的目的，並不是為了拍攝靈異現象，而是為了破除鬧鬼傳說。

小路是個不信邪的人，不信鬼神亦不信佛，他只相信自己的眼睛。

簡單來說，他是個「科學衛道士」，是個徹頭徹尾的唯物主義論者。

他相信一切不可思議的現象背後都有合理的科學解釋，所以，他經常會拿著自己拍攝的照片，去找那些宣揚鬧鬼傳說的人理論。

而這一次，他在論壇上看到一個熱門帖子，說是K市T區有一家廢棄的孤兒院，晚上時常傳出小孩子的哭聲。

很多人在下面回帖，證實確有其事，並非謠言。

小路看了卻只想笑。

什麼醫院裡有女人的低泣，什麼廁所裡有小孩子喊媽媽，這些，統統是那些吃飽飯沒事幹的人瞎編出來的！

無非是想博取眾人的關注罷了。

小路嗤之以鼻，又看了一眼帖子上那家孤兒院的地址。

巧的是，他的租屋處恰好就在K市T區，他家附近，也確實有一家廢棄的孤兒院。

那是一棟外表破破爛爛的大樓，牆面被濃煙燻黑，黑漆漆的外牆上，爬滿了密密麻麻的藤蔓。

據說，這家孤兒院多年前發生了嚴重的火災，無情大火吞噬了本就無家可歸的孩子，甚至就連當時的院長，也一同死在火海裡。

所以，論壇上說的孩子的哭聲，應該就是指當年不幸喪生火海的那些孩子吧？

為了證明這個帖子只是謊言，晚上，小路又和以往一樣，一個人抱著相機到廢棄的孤兒院蹲點。

朦朧夜色中，小路站在孤兒院大樓前，先拍了一張大樓的整體照，然後便躲進一旁的草叢，靜靜等待所謂的「孩子的哭聲」出現。

可是等了整個晚上，一如他所料，什麼聲音都沒有，什麼都沒有出現。

喊，就知道是假的！

小路不屑地笑了下。

第二天一早，他把孤兒院的照片po到論壇上，打算告訴那些人，他已經去過那個地方，什麼孩子的哭聲，純屬子虛烏有。

可是不知道怎麼回事，照片傳來傳去，始終無法成功上傳。

也許是網路不好吧？

他想著，只能無奈地先把照片保存在電腦裡，等到網路順暢了再傳。

然而等他晚上下班回到家，再次打開電腦，從資料夾裡翻出來那張照片，卻隱隱感覺到似乎有地方不太對勁。

照片，還是那張照片。

清冷的月光下，矗立著一棟陰森的大樓，牆面爬滿了乾枯的藤蔓。

究竟是什麼地方不對勁呢？

小路一時半會兒沒有看出來，那種古怪的感覺卻一直縈繞在心上。

當天晚上，這張照片還是沒有成功po上論壇。

第三天，小路再次打開資料夾，依然覺得那張照片有哪裡不對。他歪著頭，對著電腦螢幕仔仔細細地觀察，突然吃驚地發現，好像……好像是照片的角度出了點問題？

他明明記得，那天晚上他是從正面拍攝大樓，現在，為什麼感覺……感覺大樓似乎……從整張照片的正中央往旁邊歪了一點？

難道是錯覺嗎？

小路皺著眉頭，看了半天，也研究不出個所以然來。

於是隔天，他把照片洗了出來，順手夾在公事包裡，一起帶去公司。

中午午休時，他吃完飯沒事幹，就把照片翻出來看了看。

不看還好，一看之下卻嚇了一跳，因為照片上的那棟大樓，居然、居然又移動了？

本來孤兒院是在鏡頭的正中間，昨天看的時候往右邊稍微歪了那麼一點點，可是現在，好像歪了有三分之一！

而隨著大樓的「移動」，左側本來沒有進入鏡頭的草叢都呈現了出來！

天！怎麼會這樣，大樓在動？

照片怎麼可能會移動！

小路登時呆住了。

難道是自己產生了幻覺？還是眼睛出問題了？

他用力揉了揉眼睛，再次睜開，孤兒院的窗戶上，似乎出現了一抹細微的黑影。黑影掩映在乾枯的藤蔓之間，再加上由於是晚上，光線不好，所以看得並不真切。

這也許不是黑影，而是被煙燻黑的痕跡……

小路搖了搖頭，把照片塞回公事包裡。

到了下班，他坐在搖搖晃晃的公車上，閒來無事，又再次把照片拿了出來，而這一下，他徹底驚呆了。

孤兒院，居然、居然不見了！

照片上是一整片黑漆漆的草叢，遙遠的天際，一輪圓月明晃晃地照射下來。

天吶！發生了什麼事？孤兒院怎麼消失了？

小路坐在公車上，差點失聲驚叫。

他緊緊捂著自己的嘴巴，感覺到心臟在怦怦亂跳。

他震驚地看著手裡的照片，思忖了許久，忽然意識到一個問題。

也許，並不是大樓消失，而是拍攝視角轉變了。就像一個人拿著相機鏡頭，從孤兒院慢慢地往旁邊掃過去，所以鏡頭中的畫面也跟著一起變換。

可是……為什麼會這樣？

他拿著照片的手微微發抖，而先前孤兒院大樓窗上的那抹黑影，已經悄然移動到了草叢裡。就彷彿是鏡頭對焦不準，把物品拍糊了一樣，看不清楚那究竟是什麼。

小路看著模糊的黑影，心底漸漸升起一絲恐懼。

下了公車，他把照片捏成一團，扔進路邊的垃圾桶。

他一路忐忑不安地走回家，用鑰匙開了房門。就在門板開啟的瞬間，一張薄薄的紙片從門縫間飄落下來，掉在地上。

小路低頭一看，當即心下駭然，大叫著倒退了一步。

飄落在地的紙片，不正是剛才被他扔進路邊垃圾桶的照片嗎！

他渾身僵硬地愣在原地老半天，才哆哆嗦嗦地撿起照片，定睛一看。

照片上的草叢已經移動了大半，畫面左側露出一條筆直的小路，小路兩旁立著幾盞昏黃的路燈。

就在那片影影綽綽的燈光中，路面上有一團黑影。

由於燈光的斜射，那團黑影被拉長了，隱約可以看出來是人的輪廓。

它有一顆圓圓的腦袋、細細的脖子、小小的身體，還有一雙腿。

小路倒抽了一口冷氣，想也不想地將手裡的照片撕了個粉碎。撕完後仍然覺得不放心，於是又將碎片用打火機燃燒殆盡，最後把灰燼統統倒進抽水馬桶裡。

嘩啦一聲。

看著那些黑色粉末被水沖走，流入下水道裡，小路稍微喘了口氣。他在洗手臺邊用冷水洗了把臉，走回客廳，心神不安地在沙發裡坐下。

可剛一屁股坐下，他就感覺到似乎壓到了東西。

他顫抖著手，摸進屁股與沙發墊的間隙，緩緩地，抽出一張照片。

照片上的草叢不見了，只剩下一條筆直延伸出去的道路。

一抹黑色人影在道路上悠悠前行。

他認得那條路。

福林北路，是那家孤兒院到他住所的必經之路。

半個小時後，道路慢慢延伸到了盡頭，照片上顯示出一片密集的住宅區。黑影正站在社區的圍牆上。

他嚇得驚叫了起來，摔碎了手裡的茶杯。

毫無疑問，照片上的社區，正是小路此時此刻所在的地方。

他直愣愣地瞪著照片，一步步後退，而照片上的畫面，也在緩緩移動。

社區內的景象逐步放大，放大，再放大……

從社區的正門，穿過一片林蔭道，轉過一個彎，經過一座小小的噴水池，再左轉，照片上出現了一棟極其眼熟的公寓。

鏡頭貼著大樓的牆面，緩緩往上移……最後，集中到了一戶六樓住家的窗邊。

黑色人影雙手扒在玻璃窗邊，探頭往屋內張望。

小路的心跳為之一頓，一下子意識到了什麼，回頭就看到自家的窗戶上貼著一張被燒得焦黑的孩子面孔。

那個孩子咯咯笑著，瞳孔放大的眼球直勾勾地盯著他，一字一頓地說了句：

「找，到，你，囉。」

小路歇斯底里地抱頭尖叫了起來。

啊啊啊啊啊——

故事講完了。

A君的話音徐徐落下。

我聽得背後一陣陣惡寒，忍不住往壁爐靠。

「那、那後來呢？」我問。

「後來？」

A君微笑著，將手裡的筆記緩緩翻過一頁。

「沒有後來了。」他說，「小路自那天之後就失蹤了。」

「失蹤？」我吃了一驚，連忙問，「他……沒有其他線索嗎？」

A君看著我，從筆記本裡抽出一張照片遞了過來。

我疑惑地接過照片。

照片上是一棟破舊的大樓，黝黑的牆面斑駁不堪，上面爬滿了枯藤。大樓中間隱約可見幾個模糊的大字——陽光兒童福利院。

「我趕到小路公寓的時候，他就已經不見了，房間裡只剩這張照片。」

A君指著照片上的一個窗戶。

「這裡有兩團黑影，有看到嗎？小路被帶走了。」

A君悠悠說罷，淺啜了口杯中紅酒。

我愕然地看著照片。

確實，他指的那個窗戶有兩團模糊的黑影，如果再仔細分辨，會發現那兩團黑影，好像是人的形狀……

「呃，這個故事……到底是真的還是假的？」

我難以置信地抽了抽嘴角。

A君沒有回答，只是意味深長地笑了笑。

雖然我無法相信昨夜A君分享的故事是真人真事，卻非常感興趣，於是第二天晚上，吃過晚飯，我早早地拉著A君在壁爐邊坐下。

「今天再來講個故事好不好？」

我饒有興致地指著放在茶几上的筆記本。

A君失笑，說：「你這麼喜歡聽那些稀奇古怪的事情？」

「是啊，我覺得滿有趣的，要是改編改編，或許可以寫成驚悚小說呢。」

一邊說著，我一邊伸手想去拿那本筆記本，卻未料被A君搶先了一步。

「小默，這本東西，你最好不要碰。」

「咦，怎麼，難道裡面還寫了什麼見不得人的東西嗎？」

我眨了眨眼睛，促狹地望著A君。

他淡然一笑，說：「這本筆記，並非普通的筆記本，它有靈性，裡面捆縛著一些不能放出來的東西，我怕若經你之手，會不小心破壞了結界。」

「啊？不能放出來的東西？」

我詫異地看著他，茫然道：「我不明白你在說什麼。」

A君笑了笑，說：「以後我會慢慢跟你解釋。」

「唔，好吧，那今晚能不能再講一個故事呢？」

「當然可以。」

A君慢條斯理地打開手中的筆記本，一頁一頁地翻過去，隨後，目光在一頁頁面上鎖定。

「小默，我記得你說過你家有養寵物，是嗎？」他問。

「對啊。」我點點頭，說，「我家養了一隻狗，名字叫嘟嘟，養了六年了，我爸媽簡直把牠當成第二個兒子來養。」

「唔……」A君沉吟了片刻，往後靠近沙發裡，交疊起一雙修長的腿，道，「那不如，我來講個和狗有關的故事吧？」

「哦？狗的故事？好啊好啊，快說來聽聽！」

我期待地望著他。

A君別有深意地看了我一眼，無聲地翹起嘴角。

這個故事的主角，是個年輕的女孩子，名叫水藍。

水藍是個孤兒，在她五歲那年，父母死於一場車禍，只留下她一個人，孤苦伶仃地寄住在親戚家裡。親戚對她並不好，於是水藍長大成人，拿到第一份薪水之後，便從親戚家裡搬了出來，一個人在公司附近租了間小房子。

某天晚上，她加班到深夜，走出公司大門，天空淅淅瀝瀝地下著雨，冷風拂面。

回家的路不長，但是需要穿過一條冷僻的小巷子。

巷子裡靜悄悄的，連路燈都沒有，一眼望去又黑又深。

迎著寒風和細雨，水藍加快了步伐。

噠噠噠，噠噠噠。

皮鞋鞋跟在濕滑的路面上敲擊出一道道寂寞的回音。

她在幽長的巷子裡走得飛快，可是走著走著，身後忽然傳來一陣凌亂的腳步聲，踢踢踏踏，彷彿是一路踩著水窪，緊緊跟在她背後。

她走得快，那個聲音也快；她慢，那個聲音也慢；她停下腳步，那個聲音也驟然消失。

怎麼回事，難道是搶匪？

還是……走夜路遇到不乾淨的東西了？

水藍嚇得毛骨悚然，夾緊了肩上的小包，噠噠噠地在巷子裡奔跑起來。

與此同時，那個腳步聲也跟著她一起加快了步伐。

噠噠噠。

踢踏踢踏。

噠噠噠。

踢踏踢踏。

聲音緊緊跟在她背後，嚇得她幾乎要哭出來。

怎麼辦，怎麼辦，逃不過去了！這條巷子還那麼長，怎麼辦？

水藍猛然駐足，深吸一口氣，霍然轉身。

「是誰在跟著我？」

她壯著膽子大吼，故意擺出氣勢洶洶的模樣。可是，身後空空蕩蕩的，什麼都沒有。

就在這時，她感覺到有東西在蹭她的褲管。

她嚇了一跳，低下頭，卻看到一隻狗。

原來從剛才到現在，一直緊緊跟在她身後的，居然是一隻狗？

水藍啼笑皆非地鬆了口氣，再仔細端詳這隻突如其來的小狗。

牠是一隻雜種狗，身上雜亂的土黃色毛皮全被雨水淋得濕透，一雙圓溜溜黑漆漆的小眼睛，可憐兮兮地望著水藍。

顯然，這是一隻流浪狗，又或者是被人遺棄的，總之，牠現在無家可歸。

水藍嘆了口氣，忍不住蹲下身，輕輕摸了摸牠的腦袋。

「乖，不要跟著我，我不是你的主人。」

說著，她站起身，可是往前走了幾步，那隻流浪狗依然緊緊跟著她。

如此反反覆覆，一直到她回到家門口，小狗仍是黏在她腳邊。

水藍無奈，看著流浪狗楚楚可憐的模樣，不禁同情心氾濫了起來。

同是天涯淪落「人」，同樣孤苦伶仃無依無靠，要是就這麼拋下牠不管，那牠也太可憐了。

斟酌了幾秒鐘，水藍決定把狗帶回家。

她為小狗取了個名字，叫阿旺。

洗完澡、吹完毛，再仔細瞧一瞧，其實阿旺還挺可愛的，毛茸茸的身體、圓圓的腦袋、圓圓的鼻子、圓圓的眼睛，看著人的時候總是歪著頭，吐出紅紅的小舌頭，嘴巴呈現出微笑的形狀，分外惹人憐愛。

水藍養著阿旺，越養越喜歡。

她之前沒有養狗經驗，但是阿旺很乖，不會亂吠，也不會搞破壞，總是黏著水藍撒嬌。水藍走到哪裡，阿旺就跟到哪裡，即便上床睡覺，枕頭旁邊也有牠的一席之地。

漸漸地，在水藍的心中，阿旺不再只是寵物了，而是家人。阿旺是她唯一的家人，是她唯一可以相依為命的至親。

她買最好的狗糧給牠吃，買最漂亮的衣服給牠穿，買最新款的玩具給牠玩，不知不覺中，花在阿旺身上的費用，占據了她薪水的一半以上，可是她樂此不疲，甚至感到滿足。因為，阿旺是她的「孩子」。

就這樣，時間過去了五年。

這五年間，水藍與阿旺相依相伴，過得非常快樂。

直到有一天，水藍遇上了一個男人，她生命中的真命天子。

她與他相識，相知，相戀，最後一同步入了婚姻的殿堂。

新婚當晚，洞房花燭夜。

水藍靠在床頭，無奈地看著床邊的阿旺。

阿旺正襟危坐地蹲在床邊的地毯上，虎視眈眈地看著他們。

水藍想要趕牠出去，可是牠死活賴在房間裡不肯走。

「唉，妳不能讓牠到客廳去嗎？這樣多煞風景啊！」

男人忍不住開口，嫌惡地看著那隻狗。

說實話，他不喜歡狗，一點都不喜歡。他覺得狗是一種又髒又臭又會隨地大小便的噁心動物，他甚至覺得在城市裡根本不應該養狗。

更何況，阿旺還是一隻雜種狗。

每次他和水藍親熱，這隻愚蠢的動物就會把眼睛瞪得老大，那眼神就好像……好像是他侵犯了牠的女人一樣！

總之一句話，阿旺，他看了就討厭。可是沒辦法，水藍喜歡，水藍已經把阿旺當成了自己的兒子，迫不得已，他也只能接受，除非不和水藍結婚。

「唉，拜託妳快點把牠弄出去，我實在不想看到牠。」

男人皺著眉頭，嫌惡之情溢於言表。

水藍咬著嘴唇，為難地說：「可是、可是阿旺不願意去客廳，你就當沒看到牠吧。」

「怎麼可能！」男人叫了起來，「我沒辦法在牠的監視下和妳親熱！妳不覺得牠看人的眼神很奇怪嗎？」

「奇怪？哪裡奇怪了？阿旺很可愛啊！」

「拜託，牠這副凶狠的樣子，好像想吃了我一樣……」

「哈哈哈哈！你想太多了啦！」

水藍忍不住大笑，抬手勾住了男人的脖子，和他一起滾到床中央。

「好啦，別管阿旺了，我們繼續……」水藍紅著臉。

男人看著她，順勢吻了下去。

兩人激情纏綿，一時間忘卻了周遭事物，陷在情欲中不可自拔。

就在這時，男人聽到背後傳來一陣「呼——呼——」的聲音。

那是一種低沉的、發自獸類喉嚨深處的危險警告。

電光石火間，他還沒來得及看清楚發生了什麼事情，便感到脖子一涼。

嗤！

喉嚨被咬開了一道血口。

大顆大顆的濃稠血漿滴落到水藍臉上。

啪，啪，啪。

水藍愣了一下，接著嘶聲尖叫了起來。

啊啊啊啊啊——

新婚之夜，水藍的丈夫死了。

他被阿旺一口咬斷了喉嚨，當場死亡。

水藍徹底嚇呆了，一動不動地縮在牆角，看著阿旺染血的嘴巴不停地咀嚼著口中之物，咀嚼著男人的肉塊。

阿旺之所以襲擊男人，是因為牠以為男人在欺侮水藍，欺侮牠的女主人，牠要保護水藍。水藍知道。

從某種程度上來說，這是一起意外事故。

過了很久，水藍終於從恐懼與悲痛中清醒過來。

可是，事情該怎麼收場？

男人已經死了，如果這件事被人知道，阿旺肯定會被人道毀滅。

雖然阿旺做了不可饒恕的事情，但是這些年來的感情始終還在，更何況，她已經失去了丈夫，不能再失去阿旺。

就好比孩子殺了父親，做母親的最後終究會包庇孩子一樣。

道理很簡單，已經失去了一個，不能再失去第二個。

水藍選擇了沉默。

她咬著牙，流著淚，偷偷將男人的屍體埋在郊外的一座山上。

事情，就這樣神不知鬼不覺地過去了。

不過在那之後，水藍再也不像之前那樣疼愛阿旺了，她現在只是讓牠吃飽，給牠地方住，卻沒有勇氣再去抱牠，撫摸牠。不管怎麼說，阿旺殺了她的丈夫。

阿旺似乎很失落，看著水藍的眼睛裡滿是哀傷。

或許牠不知道自己究竟做錯了什麼，牠只是、只是想和水藍在一起，並且，不容許有別人來分享水藍的愛。

三個月後，水藍發現自己懷孕了。

第二年春天，水藍生下來一個男嬰。

作為一個失去丈夫的單身母親，她對自己的孩子百般寵愛，阿旺更加被冷落了。

現在的水藍，眼裡只有自己的兒子，整天抱著兒子逗他玩，哄他睡覺，餵他喝奶。

在她做著這一切時，阿旺就蹲在一旁的角落裡看著她。

一直，一直，一直看著她。

有時候水藍被牠看得煩了，會把牠從嬰兒房裡趕出去。

水藍不允許阿旺接近自己的兒子，因為她害怕，害怕兒子會像丈夫一樣，被阿旺咬死。

白天的時候，水藍要去上班，所以她雇了一個保母來照顧嬰兒。

可是有一天，她下班回到家門口時，卻看到了濃黑的煙霧從自家窗戶冒出來，隨之而來的是通紅的火舌，以及，玻璃窗爆裂的脆響。

家裡著火了！

消防人員正在灑水，門口圍著許多鄰居，大家嘰嘰喳喳地議論著。

而那個本該照顧嬰兒的保母，正蹲在那裡嚎啕大哭。

「我也不知道為什麼會這樣……我只是離開了一會兒……我只是去附近的便利店買尿布而已……回來就看到……就看到著火了……」

保母痛哭著，向人解釋。

水藍瘋了一樣地衝上前，卻被消防人員攔住了。

「放我進去！我兒子還在裡面！放我進去！」

水藍大哭著，試圖衝破阻攔。

而就在這時，她看到了阿旺。那隻土黃色的毛茸茸的小狗，靈巧地穿越了重重防線，奮不顧身地衝進了火海。

「阿旺！」

水藍大叫了一聲，可是阿旺沒有理睬，一頭撲進了屋子裡。

五分鐘後，煙霧瀰漫的火災現場，響起了一陣嘹亮的嬰兒啼哭聲。消防人員趕緊衝進去，抱出一個男嬰。

「兒子！我的兒子！」

水藍撲了過去，一把摟住了嬰兒。

嬰兒哇哇大哭，手腳亂蹬，看起來並無大礙，只是奇怪的是，嬰兒的脖子上居然套著一條黑色的皮質項圈。

那本該屬於阿旺的項圈，為什麼會戴在嬰兒身上？

答案，沒有人知道。

而阿旺在衝進火海後，再也沒有出來過。

阿旺一定死在裡面了，兒子一定是被阿旺救出來的，水藍難過地想，是阿旺救了她的兒子。

丈夫死了，阿旺也死了。

水藍從此和兒子兩人相依為命。

可是隨著兒子漸漸長大，水藍發現，她的孩子竟然不會說話，只會睜著一雙圓溜溜的眼睛，歪著腦袋看著她，吐出紅紅的小舌頭。

那樣子就好像……好像一隻狗。

故事講完了。

我愕然地望著A君。

「今晚，還想喝點紅酒嗎？」

A君幽幽地笑著說。

我點了點頭，說：「好，來點酒，讓我壓壓驚，我可不想以後的老婆被嘟嘟咬死。」

A君微微一哂，回了句：「放心，不會的。」

於是這天晚上，我們兩個人圍著壁爐，一邊聊天，一邊喝光了一瓶紅酒。

大概是酒喝多了，頭有點暈，第二天一覺醒來，已經是中午時分。

我揉著太陽穴，從床上爬起來，習慣性地先打開電腦，看了看郵箱。

「太好了！」我興奮得幾乎要跳起來。

信箱內，最新的一封郵件，是一家大公司的面試通知！

找工作的事情，終於看到了一線希望！

第二章

影噬

兩天後，我去了這家慕名已久的大公司進行面試。

面試的地方是一間寬敞的會議室，線條簡潔的設計風格搭配淺灰色調，給人冷酷肅穆的感覺，再加上眼前坐著一排神情嚴肅的面試官，我不由得緊張了起來，正襟危坐，小心翼翼地做自我介紹。

可是說著說著，視線便停留在了斜對面的牆角裡。

那裡有一團奇怪的黑色陰影，正在不斷地膨脹變大，並且在沿著牆角緩慢地爬行，一邊爬，一邊變換形態。

有時黑影彷彿一灘無形的黑水，有時又凝成了一顆圓滾滾的皮球，甚至還長出四條小短腿和細長的尾巴，如同某種爬蟲類動物一般，從地面，悄無聲息地爬到面試官背後的牆壁上。

我緊緊盯著那團黑影，就這樣看著它慢慢往上爬、往上爬……

「喂，你在看哪裡？」

「你有沒有聽到我在說話？」

「沈默！」

響亮的男聲大吼。

我一下子回過神來，看到正對面的面試官滿臉怒容。

「你是在走神嗎？知不知道現在還在面試？」

「啊，對、對不起！對不起！」我連忙低頭道歉。

「剛才的問題你還沒有回答我！」面試官不耐煩地瞪著眼睛。

我尷尬地咽了口唾沫，趕緊回憶他之前問了我什麼問題，可是問題還沒有回想起來，就看到牆壁上的那團黑影，竟然變成了一張臉！一張面目猙獰的鬼臉！張著血盆大口，咧出滿嘴獠牙，向我俯衝了過來！

「嗚哇啊啊啊！」

我嚇得大叫了一聲，從椅子上跌了下來，轉身奪路而逃。

「喂！你要去哪裡！你不面試了嗎？」

背後傳來一聲怒斥，可是我已經無暇顧及，因為那張鬼臉正在後面追著我！

嗚哇！救命！救命啊！

我在走廊裡一路狂奔，跑出公司大樓，一口氣衝到大街上。

那張鬼臉貼著地面緊追不捨，它的速度非常快，恍惚間如同一抹飄浮的黑色魅影，張著大嘴，緊緊地跟在我身後，就像是要吃了我！

不！不要跟著我！不要跟著我！

我拚了命地往前逃，一不留神，突然間腳下踩空，整個人失去平衡，從臺階上摔了下去。

臺階很高，我還以為自己肯定會摔得鼻青臉腫，可是萬萬沒有想到，就在倒下時，眼前伸出了一雙手臂，攔腰抱住了我。

我踉蹌了一下，終於能夠站穩。

氣喘吁吁地抬起頭，居然看到了一張熟悉的臉龐。

咦？是A君！

「你、你怎麼會在這裡？」我一愣。

A君微笑著，說：「我剛好來這附近辦點事，沒想到看見你一路驚慌失措地狂奔過來。怎麼了？發生什麼事了嗎？」

「呃，沒、沒事……」

我狼狽地笑了笑，忐忑不安地回過頭，明媚的陽光下，風輕雲淡一派祥和，根本看不到任何黑影。

那張追著我的鬼臉不見了。

難道，剛才的一切只是我的錯覺？

我茫然地看了看四周，稍微冷靜了下來，解釋說：「可能是面試的時候太緊張了，感覺有點不舒服。」

「不舒服？」A君看著我，問，「要不要我送你回去？」

我笑著搖搖頭，說：「沒關係，你先忙你的事吧，我可以自己回去。」

「好吧，如果有什麼事，記得立刻打電話給我。」

「嗯，好。」

「哦，對了，等我回去一起吃晚飯。」

「嗯，等你。」

我笑了笑，點頭。

臨走前，A君似乎不放心地又回頭看了我一眼。

不知道是不是錯覺，我感覺，他好像……其實不是在看我，而是……在看我身後？

我不禁疑惑地轉頭看了看，可是，身後什麼也沒有。

回到A君的別墅，已經是傍晚時分。

搞砸了好不容易得來的面試，找到工作的希望又一次破滅，我嘆了口氣，走進洗手間。

打開水龍頭，嘩啦啦的清水流淌出來，我掬起一捧水潑到臉上，用力搓了搓，然後抬起頭看向鏡中的自己。

沁涼的水珠順著髮梢一顆顆滾落下來。

鏡子裡的臉，看起來有點疲憊和沮喪。

我看見的那團黑影究竟是不是幻覺？

如果是，它為什麼會偏偏在我面試的關鍵時刻出現？

唉！真是太衰了！

我苦惱地閉上眼睛，關掉水龍頭，用毛巾擦乾臉，一個轉身，卻突然間頓住了。因為，我居然，看到了自己的影子！明亮的洗手間裡，燈光從頭頂斜上方照射下來，將我的身影映射在背後的一堵牆壁上。

我明明已經轉身準備離開，可是，我的影子仍然停留在原地，紋絲不動！

靠，這不是我的影子？這是什麼鬼東西？

我往後退了一步，下一秒，牆壁上的影子以極其驚人的速度蔓延開來，彷彿瞬間湧起的黑色潮水，將我漸漸吞沒！

不！不要！不要吃我！不要吃我！

我趕緊跑出洗手間，逃命似地衝出大門。

黑色潮水層層疊疊地向我撲來，我拚盡全力，仍然比不過它的速度，只是一剎那，黑暗，吞噬了所有光明。

一張無形的巨網當頭籠罩下來，將我緊緊地包裹在其中，我在黑暗中狂奔不止，突然間腳下一絆，摔了下來，驚恐無助地抬起頭，卻什麼都看不見，什麼都聽不見，整個人彷彿置身於一片虛無，除了極致的黑暗，什麼都沒有。

我知道，我是被那團黑影「吃」掉了！

原來，這一切都不是錯覺，那團黑影是真實存在的！

怎麼辦，現在還能逃得出去嗎？難道我會死在這片黑暗裡？

如果死在這裡，我的屍體會被人發現嗎？

還是說，我會從此被當作是失蹤人口？

大腦一片混亂。

四周圍無邊無際的黑暗，讓我越來越有一種壓迫感。

這種令人窒息的壓迫感，是來源於未知，和人類自古以來對黑暗本身的恐懼。

我不知道接下來會發生什麼事情，也不知道黑暗中會不會冒出些什麼東西，心底的不安越來越強烈，我只想要盡快逃離這個地方，可是這片無窮無盡的黑暗，怎麼跑都跑不出去。

黑暗中，突然響起了一個聲音。

那個聲音好像是在叫我。

「小默……小默……」

我停了下來，大口大口地喘息著，轉頭四下搜尋。

黑暗中沒有任何人存在。

「小默，小默，小默……」

那個聲音仍在叫我。

我不知道是不是因為自己太過緊張而產生了幻覺，或者，是真的有人在這片黑暗裡，但是，我認出了這個聲音……

「阿瑩？阿瑩？是妳嗎？」

我微微顫抖著詢問，可是那個聲音並沒有回答我。

漸漸地，一張氤氳著光亮的臉浮現了出來。

那是一張年輕女孩子的臉，右眼角下方帶著一顆淚痣。

女孩看著我，帶著滿面笑意，在半空裡飄浮。

「阿、阿瑩……阿瑩……」

幾乎是在看見那張臉的一瞬間，淚水湧了出來。

「對不起……阿瑩……對不起……」

我一邊低聲呢喃著，一邊慢慢走了過去，情不自禁地伸出手，想要摸一摸她的臉。就在手指剛要觸及那張臉孔的瞬間，突然有人一把拉住我的手臂，猛地向後一扯。

「叭叭叭叭——」

隨著瘋狂作響的喇叭聲，一輛公車幾乎是貼著我的身體飛馳而過。

掠起的涼風颳到臉上，在周圍路人的驚呼聲中，也不知怎地，無邊的黑暗瞬間退散開來，眼前的世界，又恢復了光明。

我一下子清醒了過來，發現自己居然站在馬路正中間！

如果不是剛才有人拉住我，恐怕我現在早已被車撞飛了。

背後嚇出一身冷汗，我驚魂未定地回過頭，那個拉著我的人，不是別人，正是不知何時出現的A君！

「小默，你沒事吧？」

A君望著我，俊美的面龐上帶著溫文爾雅的淡淡笑意。

他的笑容讓人覺得很安心，彷彿具有一種神奇的治癒效果。

我咽了口唾沫，僵硬地點了點頭。

A君拉著我，把我帶到了一處較為僻靜、沒有什麼人的地方，突然說了句：

「不如，讓我來幫你吧？」

「什麼？」

A君微笑著，說：「小默，有東西在纏著你，對嗎？」

我瞪大了眼睛，趕緊問：「你、你知道那是什麼東西嗎？」

A君淡淡地笑了笑，轉身走到一盞明亮的路燈下，然後向我招了招手，道：

「來，你過來。」

雖然不明白他究竟想幹什麼，我還是乖乖地走了過去，在路燈下站定。

從頭頂正上方直射下來的燈光將我的影子投射到了腳下，黑漆漆的一團。

「你站在這裡，先不要動。」

A君說著，不知道從哪裡摸出來一條紅線。

他將紅線放在地上，繞著我圍了一個圈，然後說：「來，出來。」

我小心翼翼地從那個紅線圍成的圈圈裡跨了出來，再回眸，卻吃驚地發現，雖然我從圈子裡跨出來了，但是我的影子，居然還留在原地！

不，這應該不是我的影子，是、是那個東西！

是剛才吃掉我的那個東西！

我心有餘悸地往後倒退了一步，緊張地盯著那團黑影。

那團黑影在紅圈裡不停地滾來滾去，四處亂撞，似乎是急著從圈子裡逃出來，可是撞不開那條紅線。

A君蹲下身，拉住紅線的一端，將那個圓圈漸漸收攏。

隨著圓圈的面積越變越小，那團黑影能活動的範圍也越來越局促，直到最後，它被完全固定在了紅線裡，絲毫無法動彈。

A君指著那團黑影，說：「用你的血，把自己的名字寫上去。」

「哈？用我的血寫名字？」

我茫然地看著他，不明白他是什麼意思。

A君沒有回答，在僵持了一兩秒之後，我還是照做了，咬破食指，在那團黑影上寫下自己的名字。

「好了，從現在開始，你就是它的主人，沒有你的命令，它不能輕舉妄動。」

A君站起身，拍了拍手，說，「當然，它也沒膽量再捉弄你了。」

「捉弄我？」我一愣。

A君笑了笑，說：「沒錯，它喜歡找人惡作劇。」

聽到這話，我忍不住抽了下嘴角。

靠，如果我沒有理解錯，他的意思是，之前這團黑影一口把我吞掉，還害得我差點被車撞飛，僅僅只是一個惡作劇？

我滿臉黑線，想了想，忍不住又問：「說了半天，這到底是什麼東西？」

A君微微一笑，道：「現在你是它的主人了，你可以命令它出來，讓你看看它的真實模樣。」

「呃，會不會……很嚇人？」

我看著地上那團黑影，腦中想像出了一個三頭六臂、面目猙獰的怪獸形象，遲疑了幾秒，戰戰兢兢地說了句：「出、出來。」

話音落下，那團黑影絲毫沒有動靜。

我不解地看向A君。

A君輕聲笑道：「它不敢出來，怕你打它，因為它之前捉弄過你。」

我不禁覺得有點好笑，嘆了口氣，說，「好吧，我保證不打你，你快點出來。」

只見那團被紅線圈住的黑影忽然動了一下，又動了一下，隨後從平坦的地面慢慢凸起，好像一顆充了氣的皮球，越脹越大，越鼓越圓，最後整個從紅圈裡蹦了出來。

我還沒來得及看清楚那究竟是什麼東西，就感覺有一團黑影迎面撲了上來，嚇得我哇地大叫一聲，一屁股跌坐在地。低頭仔細一看，我的懷裡多了一團毛茸茸、約一顆籃球大小的黑色毛球。

「什、什麼東西！不要過來！不要過來！」

我將黑色毛球用力推開，誰知剛推出去沒過一秒鐘，它又再次撲了上來，跳到我的肩膀上，轉了個身子，從茂密的黑色絨毛裡露出一雙圓溜溜的大眼睛，幾乎是臉貼著臉，眨呀眨地看著我。

「嗚哇！鬼啊！」

我整個人連滾帶爬地撲向A君求救。

A君笑著拍拍我肩膀，說：「沒事的，它不會咬你。」

「這東西，還會咬人？」

我無比驚恐地瞪著那個黑色毛球。

A君點了點頭，道：「對，它有牙齒，會咬人，但是不會咬主人。」

黑色毛球在原地彈跳了幾下，對著我咧開嘴，露出兩排又細又小的雪白尖牙。

「靠！這到底是什麼鬼東西？」

「影妖。」

平靜地說出這兩個字後，A君微笑著看我。

我結巴著問：「影、影妖？你、你是說……這東西……是、是妖怪？」

「沒錯，是妖怪。」

A君的口吻聽起來波瀾不驚。

我無法再保持鎮定，難以置信地張著嘴，愣愣地說：「這世界上，居然、居然……真的有妖怪？開玩笑吧！」

A君搖搖頭，淡淡地說了句：「絕大多數人沒有見過的東西，並不代表不存在。」

這句話說得耐人尋味。

我匪夷所思地看了看那團黑色毛球，又看了看A君。

A君揚起唇角，但笑不語。

好吧，不管它是什麼東西，只要別再來害我，怎麼樣都可以。

我長長地吁了口氣。

第三章 擬生

今天一天遇到了那麼多事情，肚子早就餓扁了，晚上七點，我和A君進入一家日式料理店的包廂。

當我們在翻看菜單時，影妖一直在旁邊彈過來跳過去。

它好奇地轉動著一雙圓圓的大眼睛，到處看到處跑，一會兒跳到飯桌上，一會兒彈到牆壁上，又從牆壁蹦到我的肩膀上，好像調皮的小孩子一樣，自己一個玩得不亦樂乎。

幸好，除了我和A君之外，沒有人能看到這個黑色毛球。

不過我實在沒有想到，那個將我一口吞下去的東西，居然會是這個模樣。

按照A君的說法，影妖的嘴巴沒有形狀，可以張到無限大，在上古時期甚至可以吞噬天地，而被影妖吃下去的東西，都會陷落在一片虛無的黑暗之中。

「呃，怎麼聽起來好像……影妖的肚子裡裝著一整個宇宙？」

我忍俊不禁地笑了起來。

說實話，我仍然對A君所說的一切半信半疑。

我覺得他在講故事，不過，至少聽起來還挺有趣的。

「對了，你說影妖喜歡惡作劇，為什麼偏偏會選中我？」

我一邊吃東西，一邊隨口問了句。

「因為你心中有陰影。」

我不明所以地抬起頭。

A君看著我，說：「影妖不會說話，但是它能窺見人類心底最深處的陰霾。」

「什、什麼意思……」

「小默，是不是發生過什麼事情，讓你無法走出心理陰影？」

聽到這話，我一下子不出聲了。

A君倒了杯清酒，淺啜了口，緩緩道：「不介意的話，願意告訴我嗎？」

我看著他，靜默良久，最終點了點頭。

關於這件事，我從未向任何人說起。

不知道是因為害怕，還是因為，即便說出來，也不會有人相信。

這事發生在兩個多月以前，正是我大四畢業修學旅行的時候，旅行回程的路上，會經過K市。

在K市的邊緣地區，有一個非常非常小的村落。

我有一個遠房親戚就住在那個小村落裡。

在我念小學的時候，曾經有一個暑假去那個親戚家裡小住過一段時間。我稱那個親戚為「姑媽」。

姑媽有一個女兒，比我大一歲，我不知道她全名叫什麼，只知道她叫「阿瑩」。

那時候我每天和阿瑩一起玩，一起到田裡抓麻雀，一起去小河裡摸魚，一起吃姑媽做的綠豆糕，彼此兩小無猜，度過了一段非常愉快的日子。等爸媽來接我回去，阿瑩還哭了。

我也覺得依依不捨，並且答應她，以後還會再去玩。可惜因為父母工作太忙，我再也沒有去過那個小村落。

就這樣一晃十多年過去了。

不知怎地，我忽然很想回去那個地方看一看。所以在這次修學旅行的回程途中，我獨自一個人去了K市。

記憶中的那個小村莊坐落在群山環抱之中，青山綠水，民風淳樸。

經過數小時的車途輾轉，我終於又回到了當年的那個地方。

出乎意料的是，姑媽竟然完全不記得我了。

無論我怎麼提醒，怎麼告訴她自己曾在她家裡住過一段時間，她始終都想不起來我是誰。

我感覺有點沮喪，不過好在，阿瑩一眼就認出了我。

當年那個七八歲的小姑娘，如今已然亭亭玉立，看到我突然出現，她甚至激動到哭了起來。

故人重逢，我也非常感慨，可是不知道為什麼，隱隱地，我總覺得這個村子不太對勁。

人，還是那些人，景，還是那些景，雖然歷經斗轉星移，但並未物是人非。

什麼都沒有變，一切如初。

那麼究竟是哪裡不對勁呢？

隔了好一會兒，我才驚覺——

正是因為什麼都沒有變，所以才奇怪啊！

除了阿瑩之外，這個村子裡的所有人，都沒有一絲一毫的變化！

姑媽和姑父絲毫沒有變老，仍然是三十多歲的年輕樣子；而當年就已經將近百歲高齡的老村長，如今仍然健在，並且腿腳靈活，甚至健康狀況比之前還要好；最最離譜的是，姑媽隔壁鄰居家那個叫做「小豆子」的男孩，十年前大概是三、四歲，十年後的現在，他居然還是三、四歲的樣子！

整個村子的人，就好像脫離在塵世之外，時間對他們起不到絲毫作用。

然而奇怪的地方不止這點。

所有村民的表情都很僵硬，彷彿被塗了一層厚厚的膠水，無論說話或者微笑，面部肌肉都會微微抽搐，十分不自然。

並且，不僅僅是姑媽，所有曾經熟識的街坊鄰居，沒有一個人記得我。

站在這個熟悉又陌生的村子裡，看著那一張張似曾相識的臉孔，我感覺，除了阿瑩之外，這些人已經不再是當年我認識的那些村民了。

可如果不是我認識的那些村民，這些人又是誰？

我驚疑地看向阿瑩，她卻回避了我的視線。

整個村子的氣氛變得越來越詭異。

眼看著天色漸漸暗下來，阿瑩把我拉到一個角落裡，說：「小默，你不要再待在這裡了，趕緊離開，永遠不要再回來，就當作……當作從來沒有來過這個地方，也從來都不認識我吧。」

我搖搖頭，忍不住問：「到底發生什麼事了？為什麼大家都……都……都變成這個樣子？為什麼妳爸媽都沒有變老？為什麼小豆子一直沒有長大？為什麼？」

阿瑩嘆了口氣，說：「我也不知道為什麼。」

「妳也不知道？」

她點了點頭，說：「小默，你還記得後山嗎？」

「後山？」我眨了眨眼睛，回憶了一下，道，「就是姑媽當初再三告誡我們，絕對絕對不可以跑進去玩的那座後山？」

「對，所有人都不能踏入後山半步，這是我們村子世世代代的祖訓，雖然沒有人知道原因何在，但是大家都很認真地遵守著，一代傳一代，直到……」

阿瑩頓了頓，像是在整理思緒。

過了一會兒，她接著說道：「直到那天，老村長的孫子，阿海，在打獵的時候被狼群攻擊，傷得十分嚴重，醫生都說沒救了。老村長的夫人非常傷心，甚至幾度哭到暈厥。阿海為了不讓親人看著自己死，一個人強撐著偷偷跑了出去，躲進後山，大概是想找個沒有人的地方，靜靜地等死。可是誰也沒有料到，就在幾天之後，他竟然又回來了，不僅活得好好的，就連身上的傷口都痊癒了——」

「傷口痊癒了？」

我吃了一驚。

阿瑩點頭道：「村民看到他的時候，阿海整個人健健康康的，渾身上下找不到任何傷痕，唯一有問題的就是，他好像失去了記憶，變得誰都不認識，包括他的父母和親人。」

「他失憶了？」

「是啊，阿海失憶了。」阿瑩看著我，說，「可是在當時，比起失憶，大家更關心為什麼他還活著？連醫生都說救不活的人，怎麼可能在短短幾天內就完全康復呢？」

「是啊，為什麼？」

我忍不住附和著問了句。

阿瑩搖了搖頭，說：「當時沒有人知道為什麼，只覺得這個問題的答案肯定在後山，於是全村人投票表決，大家一致決定要到後山去探個究竟。」

「妳也跟去了嗎?」我問。

「我沒有去。」

阿瑩搖頭道,「當時我還小,老弱婦孺都留在村子裡,由老村長的兒子,也就是阿海的父親,帶著一群年輕力壯的小夥子進入後山。」

「後來呢?他們有發現什麼嗎?」我急著追問。

「有,他們發現了一棵樹。」

「一棵樹?」

我皺著眉,不明白她是什麼意思。

阿瑩的臉上漸漸顯出了一絲痛苦的表情,喃喃地重複著說:「全都是因為那棵樹,村子裡的人才會變成現在這個樣子,全都是因為那棵樹……」

「那棵樹怎麼了?」

我越來越覺得奇怪。

阿瑩稍微平靜了下來,說:「我沒有親眼見過那棵樹,因為年輕的女孩子仍然不被允許進入後山,但是聽看見過的人說,那棵樹十分巨大,一眼望去高聳入雲端,鬱鬱蔥蔥的枝條伸展開來將近百米,而無比粗壯的樹幹十幾個人都沒有辦法圍住。

「他們說那棵樹恐怕有萬年以上的歷史，可是誰都沒有見過同品種的樹，也無法識別，只知道樹皮上會分泌出淡紫色的漿液，具有非常神奇的治療功效。」

聽到這裡，我明白了過來，不禁驚訝道：「老村長的孫子，就是被那棵樹分泌出來的漿液治好的？是樹救了他的命？」

「嗯，根據地上的行走痕跡以及滴落的血跡來看，他們猜測，當時已經奄奄一息的阿海，應該是剛好靠在樹上，所以沾到了那種漿液。」

阿瑩苦笑，說：「自從那天開始，『後山的萬年古木可以起死回生』這個消息傳遍了整個村子，那棵樹也被奉為神木。家家戶戶都拿了瓶子罐子到後山收集漿液，並稱這東西為『萬能藥』。

「無論是燙傷、挫傷、刀傷，並且無論傷得有多嚴重，只要塗上那種淡紫色漿液，傷口就會立刻癒合，不會留下任何疤痕，效果神奇到令人無法想像，甚至……甚至就連……就連……」

「就連什麼？」

我皺著眉。

阿瑩低下頭，喃喃地說：「隔壁的小豆子，有一次不小心被車撞了，我親眼看到車輪從他的頭部輾過去……可是、可是塗了那種淡紫色漿液之後，他的頭又慢慢復原了……小豆子又、又活了過來……」

「妳說的……都是真的？」

我吃驚到無以復加。

完全無法想像，這世界上居然有一種藥，可以真正令人死而復生！

「對，千真萬確。可是，小豆子復活之後，這十年間再也沒有長大，一直是三歲孩子的模樣……其實不僅僅是小豆子，只要是塗過萬能藥的人，就好像時間靜止了一樣，永遠不會變老，也永遠不會死……但是作為代價，會失去一部分記憶……可是大家都不在乎這些，因為大家只想長生不老……」

阿瑩苦澀地笑了笑，抬起頭看著我，說：「現在整個村子裡，除了我，恐怕所有人都塗過萬能藥了，這就是為什麼大家都不記得你的原因。」

我愣了好一會兒，搖搖頭，說：「不，我覺得不僅僅是失去記憶這麼簡單，我總覺得……總覺得村子裡的人，已經不再是當年我認識的那些村民了。阿瑩，妳也別再待在村子裡了，離開這個可疑的地方，跟我一起走吧？」

阿瑩往後了一步，搖頭說：「不，我不能離開這裡，就算失去了記憶，可是他們仍然是我的父母、我的親人、我的朋友。小默，你自己一個人快走吧！不要再回來了，快點走！」

說完，她便拉著我快步走向村口。

可是沒有想到，村口早已經聚集了一群人，他們臉上帶著僵硬而古怪的笑，筆直地注視著我。

姑媽走過來，手裡握著一把菜刀，說：「小默，怎麼才剛來就要走？」

我被這陣勢嚇到了，一時間不知道該說什麼。

阿瑩上前道：「媽，求你們放小默走吧。」

「阿瑩，妳不是不知道，這些年來，但凡踏進這個村子的人，都不可能再出去，必須永遠留在這裡。」

「對！不能出去！留在這裡！」

「留在這裡！留在這裡！」

村民們齊聲叫嚣，漸漸圍攏過來。

阿瑩忽然衝上前，一把攔住了她的母親，回頭對我喊道：「小默，快跑！」

「可是……」

「不要可是了！快跑！」

她大喊了一聲。

我恨恨地咬著牙，一跺腳，轉身奪路而逃。

才跑出不到十幾公尺，背後就傳來一聲慘叫。

我回過頭，震驚地看到阿瑩的脖子竟然被姑媽生生砍斷，整顆頭飛了起來，鮮血淋漓地滾進田邊的溝壑。

我嚇得一個踉蹌，摔倒在地，想要跑回去看看阿瑩，可是只能強忍著淚水爬起來，繼續拚命地往前跑。

也不知道自己究竟跑了多久，又跑了多遠，直到跑得精疲力盡，再也跑不動，才慢慢停了下來。

背後追趕的村民已經不見了，我背靠著一塊岩石，一邊驚魂未定地喘息，一邊無力地滑坐在地，一想到阿瑩，淚水就從眼眶溢了出來。

夕陽已盡，天色漸暗。

我在遠離村口的一條小路上徘徊了很久，想著應該要報警，可是在剛才奔跑的過程中手機掉了，附近方圓幾公里之內也沒有電話亭。

我猶豫了將近三個小時，直到晚上九點半，我做了一個大膽的決定，我決定偷偷回到村子去看一看。

儘管這個決定實在過於草率，我不應該再一個人回去，可是沒有親眼確認阿瑩的狀況，我無法真正下定決心離開。

對於這個偏僻的小村落來說，晚上九點已經是夜深人靜時分，我悄悄沿著原路返回。

越接近村子，我的心就跳得越快。

一片晦暗朦朧的月光之中，阿瑩靜靜地躺在田埂邊的泥地上。

四周一個人也沒有，我壯著膽子慢慢走了過去。

黑褐色的泥土浸染著鮮血，濃重的腥味趁著夜風迎面撲過來。

除了血腥味之外，我還在空氣中聞到了一絲淡淡的清甜。

我在阿瑩的屍體旁邊蹲了下來，她的頭顱已經被接了回去，脖子上塗滿了黏稠的半透明狀漿液，正是那種漿液，散發出來一股清甜氣息。

這應該就是萬能藥了，是後山上那棵萬年古木分泌出來的漿液。

這種「藥」，真的有那麼神奇嗎？可以令人死而復生？

帶著某種程度的好奇與疑惑，我心情沉重地守在阿瑩的屍首旁。

一直等到夜半時分，阿瑩居然真的慢慢從地上坐了起來！

她的眼睛還沒有睜開，臉上全無表情，只是像木頭人一樣地坐在那裡。

她的頭頂鼓起了一個包，越鼓越高，隨後在頂端部分噗地伸出某個東西，那東西漸漸舒展開來，變成了一個又扁又薄的平面。

一眼看去，就好像阿瑩頭上頂著一片圓圓的透明荷葉。

那片「荷葉」在月色之下閃耀著清冷的光輝，散發出一股淡淡的甜味。

這到底……是什麼東西？

還沒等我看仔細，那片荷葉突然間啪地一聲向下翻折，包裹住了阿瑩的整張臉孔，彷彿一張透明的薄膜緊緊貼在她的皮膚上。

「阿、阿瑩……」

我喃喃地喊了她一聲。

阿瑩緩緩睜開雙眼，眼神空洞而茫然地看向我，過了許久，臉上露出一抹僵硬陌生的笑容，就好像提線木偶一樣，笨手笨腳地從地上站了起來，再也沒有看我一眼，就這樣轉過身，一步一停地，在濃濃的夜色中慢慢走遠了。

我在原地愣了好一會兒，才終於醒悟過來。

她已經，不再是我認識的那個阿瑩了。

我所熟識的阿瑩，已經不在這個世界上了。

一口氣說到這裡，心裡難受得好像堵了塊石頭，讓人喘不過氣來。

我仰起頭，將杯中清酒一飲而盡。

A君一直坐在那裡認真地聽著，直到我說完，他才緩緩說了句：「那棵樹，是擬生種。」

「擬生種？」

我不明白地看著他。

A君點點頭，道：「通俗點來講，就是一種介於植物和動物之間的生物，它們喜歡類比人類的生存方式，但是從本身的構造上來說，又是屬於植物。」

「構造屬於植物，但是喜歡類比人類的生存方式？」

我無法理解地歪了下頭，問：「什麼意思？」

A君一邊替我斟酒，一邊說道：「喜歡模擬人類，這是所有擬生種的共同特點，但是擬生種有千千萬萬種類別，它們平時藏匿於人類世界裡，不易被人發現，而你所說的後山上的那棵樹，恰好就是其中一種。」

說到這裡，A君停頓了一下，又接著道：「根據你剛才說的情況，我猜測，樹應該是擬生種的原始形態，而村子裡的村民，是它繁殖出來的『模擬人類形態』的子嗣。」

「繁殖出來的子嗣？」

我皺著眉，聽得更加迷茫。

A君啜了口清酒，仍舊以不徐不疾的平淡口吻，緩緩解釋道：「用人類的語言來描述的話，那個擬生種分泌的淡紫色漿液，其實是它的卵。當攜帶卵細胞的漿液從傷口侵入人體，會以極快的速度吸收營養，並且在極短時間內完全孵化，從而占據人類的身體。那個女孩子頭頂上長出『荷葉』，就是卵細胞正在孵化，當孵化完成後，那個擬生種就成功植入了人體——」

「所以，我看到的那個人……其實不是復活的阿瑩，而是那個擬生種孵化出來的後代？」

我忍不住打斷A君的話，吃驚地瞪大眼睛。

A君點了點頭。

「所以整個村子的人，全都、全都被擬生種侵入……現在活著的……都是……」

說到一半，實在說不下去了。

我痛苦地閉起眼睛，腦海中浮現出一張張熟悉的臉龐。

姑媽、姑父、老村長、隔壁鄰居家的小豆子，還有……還有阿瑩……

這些人，其實全都已經不在了。

可是這件事如果說出去，恐怕根本不會有人相信。

我只能選擇沉默。

影妖似乎感覺到了氣氛不對勁，沒有再調皮地跳來跳去，而是安分地待在角落裡，睜著一雙又大又圓的綠色眼睛，靜靜地注視著我。

我低著頭，一杯接一杯地喝酒。

熱辣的酒水從喉嚨灌下去，如同火燒一般。

A君也沒有勸，只是默默地陪著我喝。

兩個人一直喝到了午夜。

到最後，我喝得整個人暈暈沉沉，也不知道自己究竟是怎麼從那家店走出去的。

意識朦朧間，好像有聽到A君在叫我。

但是我聽不清他在說什麼，只是努力睜了一下眼睛，對著他呵呵傻笑了一下，隨後頭一歪，又昏睡了過去。

第四章 阿寶

一覺醒來，已經是第二天的中午。

明媚的陽光從窗外流淌進來，照耀在身上，整個人暖洋洋的。

宿醉的感覺不怎麼好受，腦袋暈暈的，渾身乏力。

我坐在床上扶著額頭，依稀記得昨晚自己喝得爛醉如泥，好像是A君把我扶出料理店，然後一路背回來。嘖，真是太狼狽了。

總是給A君添麻煩，實在有點過意不去。

我嘆了口氣，卻看到被窩裡隆起一個圓滾滾的球狀物體，在那裡掙扎著跳來跳去。掀開被子，一團黑影飛速蹦了出來，迎面撲到我的臉上，又被我毫不留情地一巴掌拍了下去。

「都是你！害我搞砸了面試！」

我生氣地瞪了它一眼。

影妖跳到床架上，眨著眼睛看我，咧嘴一笑，露出細小的尖牙。

我拿它沒辦法，只能丟過去一個大白眼。

若非親眼所見，我恐怕永遠都不會相信，世界上居然有如此神奇的生物。

可是，對於這些奇奇怪怪的東西，A君好像從來都沒有表現出任何疑惑，無論看到什麼或者聽到什麼，他都保持著一副波瀾不驚的泰然模樣，就好像習以為常……

說真的，不僅僅是這些奇妙事物，就連A君這個人，也讓我產生了好奇。如今仔細想來，其實我對A君一無所知，甚至連名字，也只是知道他在網路上的暱稱而已，根本不知道他的真實姓名，也不知道他是哪裡人，這麼大的房子就他一個人住，他的父母和家人又在什麼地方。

這些，我統統都不知道。

他給我的感覺，有點神祕莫測。

一邊不著邊際地胡思亂想著，我一邊迷迷糊糊地打了個哈欠。

起床穿好衣服，走到樓下，泡了杯咖啡。

A君不在家，我不知道他週末一大早出門去幹什麼，他沒說，我也沒問。

影妖從樓梯上一格一格地蹦下來，跳到我肩上，想要喝杯子裡的咖啡，我還沒來得及趕它走，玄關處就傳來了敲門聲。

「有人在嗎？」一個男人的聲音響起。

我放下咖啡，走過去開門。

門外站著一個陌生男人，手裡捧著一個紙盒，臉上掛著營業用笑容。

「你好，請問是尉遲先生嗎？」

尉、尉遲？

尉遲是誰？難道是A君嗎？

我還沒來得及回答，快遞已經把盒子遞了過來。

「這是您的快遞，請在檢查後簽收。」

A君不在，送到府上的東西，應該是他的包裹吧？

可是……還要檢查？莫非是什麼貴重物品？

我猶豫了一下，最終還是拆了紙盒。紙盒裡放著一只黑色小木匣。

我看了看，木匣表面沒有任何損壞，於是拿過筆，簽收了。

快遞離開之後，我盯著手裡的木匣看了好一會兒。

這只木匣不重，長方形，小小的，也不知道裡面裝了什麼，不過外表十分精緻，木匣上還掛著一枚古色古香的銅鎖。

我看不出個所以然來，便把木匣放在客廳的茶几上。

就這樣過了大約兩個小時，我去廚房倒水喝時，不經意間瞟了一眼茶几。

木匣的位置好像移動了？

之前放的時候，我記得自己把它放在茶几中間，可是現在，木匣就貼在茶几邊，再移過去一點就會掉地上。

我走過去把木匣放好，卻發現木匣閉合處的縫隙間，居然有一條紅線。

我不禁愣了一下，剛才有這條紅線嗎？

紅線很細，摸起來滑滑的，像是絲線，又比絲線結實許多，我捏著從木匣裡拖出來的紅線，好奇地研究著。

而就在這時，紅線似乎動了一下。

我嚇了一跳，趕緊攤開手掌，紅線靜靜地躺在手心裡，一秒，兩秒，三秒，突然，它又動了一下。

原來不是我的錯覺，這條紅線，真的會自己動！

我好奇心大起，小心翼翼地捏住紅線，慢慢將它從木匣的縫隙裡抽出來。

可是抽到一半，它又自己收了回去。

黑匣子裡有股力量在與我抗衡，我往外拉一點，它就使勁往裡收一點，我再拉一點，它又收一點。如此反反覆覆了好幾回，紅線就在縫隙間和我拉拉扯扯。

突然我一用勁，只聽唰地一下，紅線居然被我一口氣抽了出來！

紅線那頭什麼都沒有，我尷尬地把紅線拿在手裡，又塞不回去，不知該怎麼辦才好，最後只能擺在茶几上不管它。

我很好奇黑色木匣裡究竟藏著什麼，但眼下也沒辦法，只能等A君回來問他答案。

我無計可施地撓了撓頭，轉身去廚房倒水喝。

沒等我喝完水，客廳裡傳來一聲悶響，我趕緊跑出去一看，卻見那只木匣掉在地上。

銅鎖斷了，散落在一邊。木匣敞開，可是裡面什麼也沒有。

這時，匡噹一聲，玻璃爆裂的脆響在廚房裡炸開。

我嚇了一跳，轉身過身一看，原來是我剛才喝水的玻璃杯摔碎了。

怎麼會這樣？

我趕緊四下環顧，便聽到了一陣噠噠噠的腳步聲，一個小小的身影在樓梯上飛奔，轉眼間跑上了二樓。

咦，那好像是……一個孩子？

家裡怎麼會突然間多出一個孩子？

我跟著跑上樓梯，在二樓的走道看到了一個大約五六歲的男孩子，他渾身上下一絲不掛，就那樣赤裸著身子，光著雙腳跑來跑去。

「喂，站住！別跑！」

我在後面一邊追一邊喊：「你是誰家孩子？怎麼進來的？」

那個孩子不理我，只是一個勁地往前跑，還回過頭對我扮鬼臉。

這小鬼，真調皮！

我加快腳步，一個箭步上前逮住他，可他卻骨碌一下，輕易地從我的手中逃走了，光滑得就像泥鰍一樣。

光屁股小男孩吐出舌頭咧嘴一笑，又噠噠噠地跑遠了，我只能跟在後面繼續追。

一路追到了走廊盡頭，男孩看前方沒路，左右張望了一會，隨手推開旁邊的門溜了進去。

糟糕，那是A君的書房！平時連我都沒有進去過，也不曉得裡面是不是放了貴重物品。

「喂，小鬼，快點出來！那裡不是你玩的地方！」

我著急地衝進書房，剛一腳踏入，就感覺一陣暈眩。

眼前繚繞著朦朧迷霧，一股淡淡的幽香飄進鼻孔。

書房裡點著香爐，全套中式的木質書架錯落有致，書架邊，是一張藤編的躺椅，以及一張檀木書桌，桌上列著一排筆墨。

是的，我沒有看錯，那的確是筆墨。

毛筆，以及硯臺。

現在很少有人會用這些東西了，尤其是年輕人。

光屁股小男孩咯咯笑著，抓起毛筆向我揮來。

我來不及躲閃，只感覺臉上一涼，面頰上被塗了黑色墨水。

男孩指著我哈哈大笑。

「你給我站住！」

我大吼著撲向男孩，可是男孩的動作比我想像中更為敏捷，竟然靈活地貓起腰，從我手臂底下鑽了過去，順帶撞翻了桌上的硯臺。

砰！硯臺在地板上摔了個粉碎。

完了！也不知道這硯臺值不值錢，該怎麼向A君交代？

我慌忙撿起硯臺碎片，卻看到那孩子溜出了書房，我只得找個地方把碎片收好，再追了過去。

男孩咯咯地笑著，跑過走廊，跑到樓梯邊，輕輕一躍，坐上樓梯扶手，回頭向我揮揮手，然後咻一下順著扶手滑了下去。

我跑到樓梯口撲了個空，一個踉蹌，差點跌下去。

「小鬼！你給我站住，聽到沒有！」

我氣喘吁吁地跑下樓梯，男孩卻臉不紅氣不喘，依舊動作輕盈，手一撐，越過沙發椅背，抓起沙發座墊朝我扔過來。

我抬手用力一擋，卻聽「噗嗤」一聲，坐墊破了個口，雪白的鵝毛紛紛揚揚地撒落下來。

男孩指著我，笑得前俯後仰肆無忌憚，影妖也在一旁幸災樂禍地蹦來跳去，好一派雞飛狗跳的熱鬧場面。

我被他徹底惹惱了，撣了撣滿頭的鵝毛，捲起袖管，氣勢洶洶地吼道：「我就不信抓不住你這個小鬼！」

我跳過翻倒的椅子，向著男孩猛撲了過去。

男孩站在大門邊，得意地望著我笑，看到我快要衝到之際，便一溜煙跑走了，我卻煞不住腳步，眼看著就要撞上門板。

就在這時，大門打開了。

我撞進了一個人懷裡。

「小默，你在幹什麼？」

熟悉而溫柔的嗓音自耳邊響起。

我哭笑不得地咧了咧嘴，轉身一指，說：「不知道從哪裡跑來一個小孩子。」

「小孩子？」

A君愣了一下，然後走進屋子。

屋子裡亂得好像被打劫過一樣，桌椅橫翻，白花花的鵝毛漫天飛舞。

那個光屁股小男孩，不知何時爬到了吊燈上，像隻小猴子一樣，開心地來回搖晃。

然而當他看到從門口走進來的A君時，臉上的笑容一下子凝固了，一雙圓圓的烏黑的眼睛裡，透出一絲驚恐的神色。

A君看了看摔落在地上的空匣子，然後拾起一旁的紅線，抬起頭，看著吊燈上的男孩，不驚也不惱，只是微微笑著，慢悠悠地說了句：「下來。」

男孩身體僵了僵，仍然抱著吊燈不鬆手。

他看著A君，低頭咬著嘴唇，一副委屈的模樣。

A君微笑道：「你知道我有辦法抓你一次，就有辦法抓你第二次。」

男孩扁著嘴，僵持了片刻，極不情願地鬆開了手，從高高的吊燈上一躍而下。可是下來之後，他立刻躲到了我身後，緊緊抓著我的衣服，好像在害怕著什麼。

A君拿著紅線走近。

我不明白地問：「你打算做什麼？」

A君微微一笑，回答說：「沒做什麼，只是幫他綁個辮子而已。」

我無法理解，疑惑道：「你要幫他綁辮子？」

A君只是笑了笑，對男孩說：「過來。」

男孩慢吞吞地走了過去。

A君用手裡的紅線將男孩頭頂上的一小撮頭髮紮了起來，綁了個沖天辮。

就在辮子綁好的瞬間，男孩居然慢慢變小了。

越來越小，越來越小，最後縮成了……

一支……一支人參？

我愣然地張著嘴，直愣愣地瞪著那支小小的人參。

A君笑道：「別這麼吃驚，它本來就是一支人參，並不是真的小孩子。前段時間我去了趟長白山，在那裡找到一支千年雪山參。修煉了千年的山參，早已經幻化成精，變成了人類孩子的模樣，要捉到它並不是一件容易的事情。而捉到之後，必須用紅線綁住，它才會還原成本來的樣子。」

他說完，笑著拍了拍我肩膀，說：「快去把臉上的墨汁洗掉吧，不然等乾了就很難洗了。」

A君將手裡的人參放回木匣。

啪的一聲，匣子關上，只剩下滿室狼藉。

接下來的幾天裡，那只木匣一直被放在客廳的櫃子上，有時趁著A君不在，它會咕嚕咕嚕地翻滾幾下。

我回過頭看著它，它便不動了，可是等我轉身，它又開始不安分起來。

「喂，不要再動了，再動就要掉下去了喔。」

我伸手把木匣從櫃子邊緣推回去。

隔了幾秒，匣子裡傳來一陣低低的嗚咽，好像是那個「男孩」在哭泣。

我忍不住問：「怎麼了？」

「小默默，求求你，放我出去好不好？」

也許是聽過A君叫我，小人參精居然知道我的名字。

我堅決地搖了搖頭，道：「不行，放你出來你肯定會闖禍，上次已經把家裡弄得亂七八糟，我收拾了好長時間才全部整理乾淨。」

「不不不，我一定不會再闖禍了，你放我出去嘛，求你了。」

木匣子求饒似地微微晃動了幾下。

我仍然搖了搖頭，剛準備離開，卻聽到男孩哇哇大哭了起來，一邊哭，一邊哽咽著說：「這裡好黑……嗚嗚嗚……我好害怕……嗚嗚嗚……」

可憐兮兮的哭聲哭得我心軟了，猶豫了一會兒，道：「那你要答應我，放你出來的話，你絕對不可以闖禍。」

「嗯！我保證不闖禍！」

「一定要聽話？」

「嗯！我會聽話，我會很乖！」

男孩用稚氣的童音信誓旦旦地保證。

我嘆了口氣，心裡想著，或許可以在A君回來之前放他出來玩一會兒？

於是，我打開了那只木匣。

木匣沒有上鎖，但是紅繩還在，綁在一支看起來非常非常普通的人參上，繫了個結。那個結很特別，我從來都沒有見過，也不知道究竟怎麼打的，費了好長時間都解不開。

正當我專心致志地解那個結的時候，背後突然響起一個聲音。

「呵，我就猜到你會想放他出來。」

我嚇了一跳，一轉身，A君正站在背後。

「呃，對、對不起……」

我尷尬地撓了撓頭，替那個孩子求情道：「把他關在匣子裡真的好可憐，不如把他放出來吧，好不好？他答應過我不會再搗亂了。」

A君無奈地搖搖頭，說：「你呀，我跟你說過，千萬不要把他當成人類的孩子來看待，他只是一棵人參精而已。」

「可是，在我看來，他和人類小孩沒有什麼分別啊……」

我討好地朝A君嘿嘿一笑，央求道：「就放他一馬吧，好不好？」

A君嘆了口氣，淡淡說了句：「隨便你吧。」

說罷，他便轉身離開了。

「可、可是那個結我解不開啊！」

我趕緊喊了一聲，沒想到回過頭，紅線已經散落開來。

「小默默！我來啦！」

一個稚嫩的童音自頭頂上方響起。

一個渾身光溜溜、沒穿衣服的小男孩從半空掉落下來，我連忙伸出手，將它抱了個滿懷。

「你叫什麼名字？」我問。

男孩抬起粉嫩的臉蛋，眨著一雙烏黑的大眼睛，朝我甜甜一笑。

「阿寶，我叫阿寶。」

第五章

六耳

阿寶果然沒有食言。

放他出來之後，他一直很乖巧，很聽話，沒有再闖禍。大概正因如此，A君也不管他了，放任他在家裡自由活動。

不過，阿寶似乎很怕A君，不太敢接近他，總是喜歡黏在我身邊。

這小鬼，相處時間長了，其實也挺討人喜歡的。

一個禮拜後，我又去了另一家外貿公司進行面試。

面試完已經下午兩點多了，我拎著公事包慢吞吞地回到A君的別墅門口，恰好看到一個年輕的女孩子從裡面走出來。

我有點詫異，這是第一次看到陌生人來拜訪。

那個女孩滿臉悲傷的樣子，眼睛紅紅的，像是剛流過淚。

A君彬彬有禮地送她到門口，對她說了點什麼。

女孩點了點頭，在臨走之前，竟然還向A君鞠了一躬。

而A君只是含笑望著她。

直到女孩的身影走遠，我才走上前，好奇地問：「咦，莫非那是你的女朋友？你把人家弄哭了？你看人家女孩子多好啊，還不快追上去。」

「你在胡說八道些什麼呀。」

A君好笑地看了我一眼，轉身走進屋子裡。

我跟著一同走進去，疑惑地問：「那她為什麼會哭？她是誰？」

A君倒了杯水，喝了一口，說：「她是我朋友介紹來的，她男朋友失蹤了。」

「男朋友失蹤？」我仍然不明白，「那她來找你……」

「她是來找我幫忙。」

「噗，找你幫忙？」

我忍不住笑了，說：「人口失蹤難道不是應該報警嗎？找你有什麼用？」

A君淺啜著茶水，不語，過了一會兒，才緩緩道：「她報過警，可是沒有用，警方不相信她說的話。」

「喔？為什麼？」

我被吊起了胃口，好奇地看著A君。

A君端著茶杯，在沙發上坐了下來。

「剛才那個女孩叫方彩雲，她的男朋友叫賀曉偉。他們念同一所大學，相識於一年前，然後開始相戀，一起在學校附近租了間房子。本來一切都挺好，可是就在一個多月前，不知道什麼原因，賀曉偉開始把自己關在書房裡不肯出來，學校也不去，家門也不出，就連三餐都是方彩雲端到房間裡給他吃。

「起初方彩雲以為讓他平靜一段時間慢慢會好，可是隨著時間推移，賀曉偉的情況越來越嚴重，後來甚至反鎖房門，不讓任何人進去，也不知道整天在裡面幹什麼。方彩雲只能做好了飯菜放在房門口，而賀曉偉會趁著她不注意時開門，迅速把飯菜拿進房間，吃完了再把空盤子放出來。

「就這樣持續了一個多禮拜，三天前，方彩雲發現房門口的飯菜都沒有動過，不論她怎麼拍打房門，裡面始終沒有回應。她擔心賀曉偉可能出事了，於是找來一堆工具，撬開反鎖的房門，可是開了門才發現，房間裡空空蕩蕩，沒有半個人。賀曉偉，就這樣莫名其妙地失蹤了。」

A君一口氣說完，我聽得愣在了那裡。

「什麼？就這樣失蹤了？」

「對，房門和窗戶是反鎖的，賀曉偉一個人在裡面，不可能跳窗，也不可能從房門出來，就這樣消失在房間裡了。」

「這怎麼聽起來好像密室殺人事件啊？」

我匪夷所思地摸了摸下巴，喃喃道：「難怪警方不相信她說的話，好端端的人，怎麼可能在房間裡人間蒸發嘛。」

A君微微翹起嘴角，問：「怎麼樣，你有沒有興趣跟我一起去看看？」

我眼前一亮，按捺不住滿腹的好奇心，立刻點頭道：「好啊好啊，我要去看！我就不相信，一個大活人怎麼會憑空消失！」

第二天，我和A君一起到了方彩雲和賀曉偉的租屋處。

那是一間普通的小套房，有臥室、書房，和一間小客廳，兩個青年情侶住在這裡綽綽有餘。

賀曉偉是在書房消失的。

書房約三坪大小，裡面的東西不多，一張書桌、一個書架，外加一張沙發，看起來還算整齊乾淨，可是隱約有一股不怎麼好聞的味道。

可能是因為之前賀曉偉在裡面封閉了太久的緣故吧。

A君走進書房，四下環顧了一遍，問：「妳男友在失蹤之前有沒有說過什麼？」

方彩雲想了想，說：「曉偉失蹤前那段日子，我連他的面都沒見上幾眼，根本沒機會和他說話。」

「那妳知道他在房間裡幹什麼嗎？」

「完全不知道。」方彩雲搖搖頭。

A君在書房裡慢慢走了一圈，上上下下、各個角落都仔細看了一遍，最後，目光落在牆上的一幅掛畫上。

那是一幅色彩鮮豔的水墨畫，畫的是一大片盛開的桃花林，或深或淺的粉色花瓣滿天飛舞，畫面極為絢麗爛漫，立刻讓我聯想到了《詩經》裡的那句話：桃之夭夭，灼灼其華。

這幅畫真的很美，A君盯著看了許久，也不知道在研究什麼，過了半晌，突然問了句：「這幅畫，你們是從哪里弄來的？」

方彩雲回憶了一下，說：「是曉偉的朋友送的。」

「朋友送的？什麼朋友？」

「我也不認識，只知道那個人姓白。」

「哦？姓白？」

A君微微瞇了瞇眼睛，若有所思。

方彩雲點頭道：「是啊，那位白先生送了我們這幅畫。反正不要錢，畫又這麼漂亮，所以當時就收下了。」

她看了看A君，遲疑著問：「這幅畫……有什麼問題嗎？」

我也納悶地看著他。

沉默了幾秒，A君忽然對方彩雲說：「能不能麻煩妳去客廳裡稍等片刻？」

方彩雲愣了一下，雖然很疑惑，還是退了出去。

我也正要跟著她一起走出書房時，卻被A君叫住了。

「你留下來，我需要你的說明。」

「需要我的說明？」

A君輕輕一笑，用下巴指了指房門，道：「關上。」

我關上門，A君又說：「反鎖。」

我眨了眨眼睛，也沒多說什麼，依言把門反鎖了。

A君手裡不知何時多了一條紅色絲線，他把紅線一端塞進我手裡，叮囑道：「拉住這條線。記住，無論遇到任何情況，千萬不要鬆手，因為我命懸於此。」

他的神情並不像是在開玩笑，說：「我知道賀曉偉在哪裡，我現在去把他帶回來，而你的任務，就是緊握這條線。一旦紅線鬆脫落地，我們就再也回不來了。」

「呃，我……我不明白你在說什麼……」

我愣愣地看著手裡的紅線，想再問清楚狀況，可是一抬眸，A君已經不見了。我只是移開視線一兩秒，A君居然就這樣消失在了空氣中？

我瞪著空空如也的房間，忽然感覺手裡一緊。

那條紅線，被拉直了。

我這才注意到，紅線的一端握在我手裡，而原本A君手中的另一頭……進入到了那幅水墨畫中？難道A君進到畫裡了？

一個令人啼笑皆非的念頭閃過腦海，我有點不敢相信自己的眼睛。

可是若非如此，也找不到其他答案。

於是我連連叫著A君，對著那幅水墨畫。

但是畫中沒有任何回應，讓我覺得自己有點可笑。

我無計可施，只能遵照A君之前的叮囑，緊緊地、牢牢地握住手中的紅線。

漸漸地，紅線繃得越來越直，越來越緊，緊到我必須要用點力氣才能將它完全拉住。順著紅線延伸出去的另一端，我直愣愣地看著那幅水墨畫。

漫天紛飛的桃花花瓣竟似真的在輕輕搖曳，慢慢飄落。

有一片花瓣飛到了眼前，我抬起一隻手，輕輕捏住，放到鼻子底下聞了聞。

沒錯，這是真真實實的花瓣，氣味很香，有點醉人。

畫中的桃花飄了出來，彷彿一層粉色薄霧，慢慢地、慢慢地籠罩下來。

繽紛的花瓣在我腳邊飄落一地。

我動也不敢動，像釘子一樣釘在畫前，生怕一個疏忽便鬆開了手中的線。

隱隱約約地，我似乎看到畫中的桃花林裡，飄過一抹人影。

那個人在林間穿梭，身形極快，步履如煙。

那是誰？是A君嗎？

我分不清，看不透，只能傻傻地等。

直到，桃林裡探出一張女人的臉。

我嚇了一跳，倒抽著冷氣看著她。

女人也在看著我，長長的黑髮從臉頰兩邊披散下來。

不知從何而來的微風，吹起女人的長髮，露出了她藏在髮間的雙耳。

我駭然倒退一步。

這個女人，居然長了六隻耳朵！臉頰的左右兩側各三隻！細細長長的尖耳！她從畫中探出一條修長雪白的手臂，輕輕撫上我的臉頰，淡淡的香氣飄散在鼻尖，她湊到我面前，用一種溫柔得幾乎叫人融化的嗓音，悠悠地問：「你來嗎？來陪陪我好嗎？我好寂寞，你要不要來陪我？」

我感覺有點暈眩，不自覺地往前跨了一步。

雖然有六隻耳朵，可這女人美若天仙不可方物，我被她看得幾乎要窒息，眸光直盯著她的雙眼。

那是一雙可以蠱惑人心的媚眼，妖冶而懾人心魄。

「閉上眼！不要和她對視！」

不知道從哪裡傳來了A君的聲音，宛如一道驚雷，將我瞬間劈醒。

我一個激靈，意識到自己剛才好像是靈魂出竅了一般，神志有點恍恍惚惚，趕緊閉上雙眼。

這時，只聽到一聲女人淒厲的尖叫。

我不知道發生了什麼事，也不敢睜開眼，等到一切平靜下來，手裡的紅線突然一鬆。

睜開眼，A君已經站在我面前，而在他身旁，還有一個兩鬢斑白、腰背佝僂的老頭。

老頭像是失了魂，兩眼空洞地望著前方，一動也不動。

「他是誰？」我驚訝地問。

A君一邊收起手中的紅線，一邊回答：「賀曉偉。」

「怎麼可能！」

我叫了起來：「賀曉偉是個大四學生啊，這個人可是個老頭子！」

A君淡淡地說：「世間一日，畫中十年。賀曉偉失蹤了四天。」

我瞠目結舌地張著嘴，結結巴巴地問：「這、這到底是怎麼回事？」

A君指著牆上的那幅水墨畫，說：「我不知道這幅畫究竟出自誰人之手，但是畫中住著妖，名為『六耳』。六耳是喜歡年輕男人的女妖，以美貌蠱惑男人的心，將男人引入畫中共同生活，從而吸取男人的精魄。凡是被吸入畫中的男人會老得特別快，人世間的二十四小時，相當於畫中十年。」

而這時，門外響起了敲門聲。

「發生什麼事了嗎？我剛才好像聽見有人在大叫。」

方彩雲站在門外。

我回眸，看了看那個神情呆滯的老頭，一時間無以言對。

我和A君走在回家的路上，夕陽餘暉將我們兩人的身影在淺灰色地面上斜斜拉長。不遠處，有一群剛放學的孩子在嬉笑打鬧，伴隨著一陣陣歡笑聲，耳邊不禁再次迴盪起了方彩雲見到賀曉偉時的驚叫，以及之後的嚎啕大哭。

平白無故地少了四十年的壽命，真不知道這個男生該如何面對自己未來的生活。

不無感慨地嘆息了一聲，我轉頭看向A君。

A君正低著頭，白皙俊美的面龐在晚霞中映出淡淡的紅潤色彩，他的身後背著一幅畫，畫上層層疊疊地綁著紅線，外面包著一塊白布。

我不知道他會如何處理這幅畫，剛想開口詢問，A君也恰好轉過臉，微笑地看著我，道：「對了，你面試的結果如何？」

我沉默了幾秒，沮喪地搖了搖頭，鬱悶道：「沒戲。」

說罷，心情沉重地嘆了口氣。

A君停下了腳步，緩緩說了句：「不知道，你有沒有興趣來當我助手？」

「當你助手？」

A君微微勾起嘴角，露出一絲意味深長的笑。

不知道為什麼，望著他的笑容，一瞬間，我的腦中似乎閃過許多模糊而又斷斷續續的畫面，就好像……好像有某種塵封已久的思緒正如潮水般，從記憶深處地湧現出來，可隨即，又被某種力量抑制了下去……

怎麼回事，感覺有點頭暈，太陽穴在突突亂跳。

我整個人晃了晃，扶住額頭緩了好一會兒，然後喃喃地說了句：「可是……可是我到現在……連你的名字都還不知道……」

「九夜。」

A君微笑著，對我伸出手。

「尉遲九夜。」

第六章 餓

尉遲九夜。

嘖，好一個酷炫的名字。

不過，這個名字與A君的神祕氣質非常相符。

想到今天下午發生的種種，我仍舊有種在做夢的不真實感。

對於此類不可思議的離奇事件，我並沒有感覺到害怕，也沒有排斥，反而帶著越來越濃厚的興趣和強烈的好奇心，產生了一絲想要繼續探究下去的欲望。

也許正是因為看穿了我的心思，所以A君……哦，不，應該是九夜……所以九夜才會向我發出「當助手」的邀請？

然而，當時我並沒有給他答覆。

九夜笑著拍拍我肩膀，說：「不用急著做決定，你可以好好考慮一下。」

望著他招牌式的溫和微笑，我不禁有點迷茫，如同站在十字路口，不知該作何選擇。

「小默默，你怎麼了？好像有心事？」

清脆的童音在耳邊響起。

阿寶一手抱著影妖，一手遞來一支草莓棒棒糖。

「給你，小默默快點吃顆糖，心情就會變好。」

我接過棒棒糖，忍不住失笑，說：「你這小鬼，憑什麼叫我小默默？我年紀比你大，你應該叫我哥哥。」

「喊，在我眼裡，你才是小鬼呢！」

阿寶歪過頭，稚嫩的小臉上帶著老氣橫秋的表情，道：「如果按照人類的年齡來計算，我已經一千兩百多歲了，你才幾歲？」

「呃……」

我一時語塞，竟完全無法反駁。

阿寶笑嘻嘻地湊過來，眨了眨黑溜溜的大眼睛，得寸進尺地說：「小默默，快點叫我一聲『哥哥』啊。」

影妖也嘴巴一咧，露出一個壞壞的笑。

我滿臉黑線地看了看這小鬼，又看了看那顆毛球。

「阿寶，你又在欺負小默了是嗎？」

樓梯口響起了一個溫文爾雅的聲音，九夜正從二樓慢慢走下來。

阿寶趕緊躲到我身後，搖了搖頭，大聲爭辯道：「才沒有才沒有！」

我笑著敲了下阿寶的腦袋，看著九夜，問：「那幅畫……處理好了？」

「嗯。」九夜點了點頭。

我還想再追問具體是怎麼處理的，那個女妖還住在畫中嗎？

可是張了張嘴，還是沒有問出口。

一個人在書房裡待了將近四個小時，九夜看起來有點疲憊，但仍然保持著優雅的微笑，說：「到現在還沒吃晚飯，你一定餓了吧？走，我帶你出去吃消夜，這附近有一家很不錯的店。」

「好啊好啊，我想吃煎餃和拉麵！」

我立刻站起身，跟著九夜走向玄關，可是剛走了兩步，又停下來，回頭看到阿寶正站在原地可憐兮兮地望著我。

我有點不忍心，對九夜道：「阿夜，可不可以——」

孰料，話還沒有說完，九夜雖然臉上帶著溫和的笑容，語氣卻十分嚴厲地說了三個字：「不可以。」

我尷尬地撓了撓頭。

阿寶和九夜之前有過約法三章，這支小人參精化成人形後，絕對不可以踏出別墅半步，否則就會被關進那只黑匣子。

「這樣吧，阿寶，你想吃什麼我帶回來給你，好不好？」我安慰道。

阿寶扁了扁小嘴，委屈地點了點頭。

「那你想吃什麼？」我問。

阿寶滿含期待地問：「什麼都可以嗎？」

「嗯，什麼都可以。」

阿寶興奮地揚起了笑臉，道：「我要草莓味的啤酒！」

啤酒？

我瞪了他一眼，斥道：「小孩子不可以喝酒。」

說完，我便轉身，頭也不回地往外走去。

只聽阿寶在背後大喊了一聲：「我才不是小孩子！」

深夜十一點。

九夜帶我來到城北的一條小巷子。

巷子的盡頭處有一家很小的小吃店，陳舊的漆字招牌、斑駁的大門、略帶殘缺的木頭桌椅，所有東西看起來年代都非常久遠的樣子，裡裡外外只有一個人負責打理。

九夜叫那個人「鄭伯」。

鄭伯約莫六十多歲，頭髮花白，有點耳背，眼睛也不太好。

這些年來他獨自經營著這家店，每天晚上十點半開門，一直開到次日黎明太陽升起，主要客群是附近上夜班的人，特別是夜間的計程車司機。

九夜好像也是這家店的常客，一看到他來，鄭伯便露出了滿是皺紋的親切笑容，招呼道：「阿夜，你來了啊。」

隨後略微詫異地看了看我，道，「哎呀，這麼多年了，還是第一次看到你帶朋友來。」

九夜微笑著，說：「鄭伯，我朋友想吃煎餃和拉麵，我要一份炒飯。」

「好，好，我這就去做。」

說著，鄭伯轉身走進廚房。

我和九夜找了張桌子坐下，小吃店裡沒有其他客人，暫時只有我們兩個。

不一會兒，鄭伯端了一盤冒著熱氣滋滋作響的煎餃上來了，滿滿十個，薄嫩的皮，金黃焦脆的底，咬上一口香濃的肉汁滿溢，肥而不膩。

「哇喔，真是太好吃了！」

我吃完一個立刻又夾了一個。

「怎麼樣，我就說這家店味道不錯吧。」

「嗯嗯！好吃！」

我連連點頭稱讚，說：「等一下再打包一份帶回去給阿寶嘗嘗，他肯定會喜歡。」

九夜好笑地看著我，道：「阿寶是人參精，不需要進食。」

「呃，可是，我總覺得他這樣好可憐……」

「你啊，真是拿你沒辦法。」

九夜無奈地搖搖頭。

「老闆！有沒有吃的！我好餓！我好餓！」

帶著哭腔的大喊聲自濃濃的夜色中突然揚起，一名穿著寬袖長袍的少年急急忙忙地衝進來，看到我桌上的煎餃，想也不想，徒手抓起滾燙的煎餃一顆顆直往嘴裡送，吃得滿嘴流油。

我被這個少年嚇了一跳，目瞪口呆地看著他。

九夜沒有出聲，也來不及制止，就這樣眼睜睜地看著他把滿滿一盤煎餃吃得乾乾淨淨。

吃完後，他又開始大聲嚷嚷起來：「好餓！我好餓！老闆，有沒有吃的！」

少年一邊說著，一邊衝進了廚房。

我和九夜好奇地跟過去。

鄭伯正在炒蛋炒飯，皺眉道：「怎麼又是你？你到底是誰家的孩子？大半夜不睡覺跑出來幹什麼？」

可是少年不答話，發紅的兩眼直勾勾地盯著鍋子裡的炒飯，突然猛撲過去，徒手抓起炒飯狂吃起來。

鄭伯趕緊一把拉住他。

「當心燙到！不要把手伸到鍋子裡！」

少年完全不加理會，掙脫鄭伯的手，仍舊一把一把地抓起炒飯往嘴裡塞，就好像餓了幾百年沒吃過東西一樣。

而這時，我留意到少年所穿的衣服。

那是一件絲質長袍，寬寬鬆鬆，有點像女人的睡衣，不過令我驚奇的卻是這件長袍上的花紋。

純黑的底色上勾勒著許許多多栩栩如生的事物，有金魚，有飛鳥，有鮮花，有小狗，甚至有一張男人的臉……

金魚在靈活游動，飛鳥在展翅翱翔，鮮花在徐徐綻放，小狗在開心地奔跑，男人的臉在快樂地大笑……

沒錯，所有的一切都在動。

長袍上描繪的事物，全部都在動！

我不禁瞪大眼睛，吃驚地看著少年的衣服。

眨眼間，少年已經把鍋子裡的炒飯吃光了。

鄭伯拉著他，說：「我就猜到你今晚會來，早已經幫你準備好了一碗麵，你等一下，我去拿給你，不要再碰鍋子了。」

說著，鄭伯轉身打開一個碗櫥。

少年像是沒聽見他說的話，竟然將爐灶上的鍋子整個捧了起來，一粒一粒地舔著黏在鍋底的飯粒。

接著，就聽到輕微的啵的一聲，像是肥皂泡破了那樣，少年憑空消失了。

匡噹一聲震響，鍋子摔在了地上。

「怎麼回事？那孩子呢？」

鄭伯手裡端著麵，茫然地看了看地上的鍋子，又看了看我們。

我驚訝到說不出話來。

九夜微微笑了笑，平靜地回答說：「他走了。」

「什麼？走了？唉，每次都是這樣，突然來，又突然離開。」

鄭伯嘆了口氣，放下手裡的碗。

九夜問：「那孩子經常來嗎？」

鄭伯道：「也不是經常，以前沒看過他，就是最近這段時間，每天晚上都會出現，一進來就狂找東西吃，好像是餓壞了。」

九夜又問：「他來了多久了？」

鄭伯道：「大概一個禮拜。」

他看著九夜，猶豫了一下，道：「阿夜，能不能麻煩你幫個忙？幫我打聽打聽，他到底是誰家的孩子？我怕這孩子被父母虐待，不然怎麼每天都吃不飽，好可憐。」

「好的，我幫你打聽一下。」

九夜點點頭，而我則用一種非常微妙的眼神看他。

回家的路上，我還是沒忍住，央求道：「阿夜，告訴我吧，剛才店裡的那個孩子，到底是怎麼回事啊？」

九夜笑道：「好奇心害死一隻貓。」

「好了啦，我承認我就是那隻好奇貓了。」

我對笑嘻嘻地擺了個招財貓的動作。

九夜低聲笑了出來，說：「那個少年，其實是一個夢。」

「夢？」我一愣。

「對，他是一個夢。夢的主人肯定是在睡覺時感覺很餓，所以夢中一直在找吃的，這種體驗，相信應該每個人都有過。」

「唔，被你這麼一說，好像的確是……」我回憶著，道，「如果口渴，就會在做夢中找水喝，如果憋著尿，就會在夢中找廁所……」

「夢境會折射出人的潛意識。」

九夜點點頭，又道：「剛才那個少年，一定是夢主餓到了極限，所以夢境才會具象化，形成了一個少年，不停地在現世中尋找食物。」

「所以，少年穿的那件長袍，上面描繪的事物……」

「那是夢境的內容。」

「後來那個少年突然消失……」

「因為人醒了，夢就消失了。」

「啊，原來如此。」

我恍然地點了點頭，思忖道：「可是，鄭伯說最近每天晚上少年都會出現，那個夢的主人到底有多餓啊？」

「夢境每晚都具象化，的確並不常見。」

九夜看著我，問，「怎麼樣，有沒有興趣一起找出這個夢主，看看到底發生了什麼事？」

我立刻興奮了起來，道：「有興趣！」

九夜彎起嘴角，輕輕一笑。

第二天晚上，我們又去了那家小吃店，再次點了煎餃、拉麵和炒飯。鄭伯笑呵呵地端了兩份紅豆桂花年糕出來，說是自己親手做的，免費送給我們嘗嘗，便走去廚房開始做飯。

我吃了幾口年糕，味道真是不錯。

此時將近午夜十二點，按照九夜的說法，當夢主進入深度睡眠、但是精神和心理仍舊處於極度壓抑狂躁的狀態下，夢境就容易具象化。

果然，在我快把桂花年糕吃完的時候，那個少年又出現了，一邊喊著「好餓好餓」，一邊迫不及待地從我手裡搶過年糕。

「你打算怎麼尋找夢主？」

看著少年衣服上一匹駿馬從碧綠的草原奔騰而過，我問道。

九夜遞來一根紅線，說：「想辦法把這條線綁到他身上。」

「呃，為什麼是我？」

他狡黠地眨了眨眼睛，反問：「你不想知道夢主是誰嗎？」

我一邊接過紅線，一邊喃喃道：「嘖，好奇心害死貓⋯⋯」

說歸說，我還真有興趣瞧一瞧這夢主究竟是個什麼樣的人。

於是我拿著紅線，趁著少年在吃東西，悄悄地靠過去，本來想把紅線綁在他的手臂上，誰知我一伸手，少年卻扔下了空碗，轉身撲向廚房。

「老闆！還有沒有吃的！我好餓！好餓啊！」

我趕緊跟了上去，將手裡的紅線打了個圈，眼疾手快地往少年手腕上一套，飛快地收緊，隨後轉身對九夜做了個「V」的成功手勢。

九夜微笑著，慢悠悠地喝了口茶。

而少年在連續吃下一盤炒飯和一碗拉麵之後，又消失了。

「現在該怎麼辦？」我問。

九夜說了一個字：「找。」

「找？怎麼找？」

「跟著紅線找。」

我不解道：「紅線？可是那條紅線已經和少年一起消失了啊……」

九夜笑而不語，從口袋裡拿出一顆圓圓的透明珠子放進我手裡。

「你給我玻璃球幹什麼？」

「這不是玻璃球，是影晶石。」

九夜用下巴指了指，又說：「你把影晶石放到眼前看看。」

我拿起玻璃球湊到眼前，往四周看了一圈，竟然看到廚房門口飄浮著一條隱隱發光的紅線。

而那個地方，正是剛才少年消失之處。

我把玻璃球放下來，揉了揉眼睛再一看，可是廚房門口什麼都沒有，再次舉起玻璃球，通過這枚純淨透明的結晶體，我又分明看到了那條飄浮在半空的紅線。

「哇，這顆玻璃球好神奇！」我嘆道。

「影晶石可以幫助你看見肉眼看不見的東西。」九夜解釋道，「現在你只要把紅線抓在手裡，跟著它走就可以了。」

「哦？這麼簡單？」

藉助影晶石中映射出來的影像，我走過去抓住那條發光的紅線。紅線一頭在我手裡，一頭向前彎曲，好像箭頭似的，指向小吃店門口。

我和九夜一同走出小吃店大門，一路跟著紅線的指向，來到兩條街外的一個老舊社區。

這個社區不大，一共只有八、九棟樓，紅線帶著我們走到了最後一排，隨後便從我手心裡飛了出去。

漆黑夜色中，一道亮亮的紅光貼著大樓筆直地向上升起，飛進一戶三樓的人家。

「夢主就是住在那裡吧？」

我問九夜。

九夜沒有說話，抬頭望著整棟大樓唯一亮著燈光的窗戶，微微一蹙眉，一聲不響地走進了大樓。

門廳接待處的大樓管理員正趴在桌上睡覺，我們就這樣如入無人之境地闖了進去。

搭上電梯，我感覺有點不安，拉了拉九夜，說：「要不要明天白天再來？現在深更半夜去敲別人家門，好像有點……」

「恐怕已經來不及了。」九夜淡淡說了句。

「來不及？什麼來不及？」

我不明白地眨了眨眼睛，可是九夜沒有回答。

電梯到了三樓，我們根據剛才看到的位置，找到了三零二室。

出乎意料的是，三零二室沒有上鎖，門板虛掩著，從裡面透出來一抹燈光。

九夜不假思索地推開門。

我趕緊壓低嗓音喊他：「喂！你別進去啊！這樣不太好吧！」

隨著門板開啟，一股食物腐爛的惡臭撲面而來，只見客廳滿地狼藉，全都是食品包裝袋以及食物殘渣。發霉的麵包屑、餅乾屑、壓碎的洋芋片、腐敗的肉乾、融化的巧克力，還有打翻的泡麵流淌了一地……

變質食物的氣味交織在一起，充斥著整個空間。

我捂住鼻子，感覺有點反胃。

「汪汪汪汪！」

房間裡衝出一隻白色小狗，對著我們這兩個陌生人齜牙咧嘴。

我認了出來，這隻小白狗，我在那個少年的長袍上見過。

也許是嗅出了我衣服上也有狗的氣味，小白狗蹭著我的褲管聞來聞去。

我蹲下身，摸了摸牠的腦袋，安撫了一會兒之後，牠便不再叫了。

九夜在雜亂不堪的屋子裡走了一圈，最後走到廚房門口，停頓了片刻，回過頭說：「小默，打電話報警。」

「嗯？報警？為什麼？」

我走過去探頭一看，只見一個披頭散髮的女人跪倒在敞開的冰箱前，上半身斜倚著冰箱門，垂著腦袋一動不動。

她的右手抓著一根吃到一半的德國香腸，左手拿著一塊啃得不成形狀的奶油蛋糕。廚房沒有開燈，從冰箱投射出來的暖黃色燈光將女人的臉孔照亮。

而那張臉……

不，不僅僅是臉，是渾身上下，都瘦得不成人形，幾乎就像一張人皮包裹在一具骷髏上，使得女人的面孔看起來顴骨高聳、眼球暴突。

可她的嘴裡塞滿了食物，將乾癟的兩頰撐得鼓脹起來，一眼望去，模樣實在太過驚悚。

我震驚地倒退了一大步，過了好一會兒，才顫抖著問：「她、她、她還活著嗎？」

九夜好像早已見慣這種駭人的場景，鎮定地上前探了探女人的脈搏，然後打開手機燈，近距離照射女人睜著的瞳眸，然後搖搖頭，道：「已經死了。」

平靜地說完這句話，他便打電話報警。

而我再也忍不住，迅速衝到廁所洗手臺邊，反胃地嘔吐起來。

凌晨一點三十分，兩輛警車閃著燈呼嘯而至。

我站在客廳一角，抱著那隻瑟瑟發抖的小白狗，看到一名穿著長風衣的刑警大叔帶領一群部下風塵僕僕地趕過來。

刑警大叔一進屋就看到了九夜，隨後用一種非常複雜的表情看著他好一會兒，道：「怎麼又是你？」

九夜微微一笑，沒有說話。

刑警大叔問：「你是報案人？」

九夜回答：「是。」

刑警大叔又問：「你是現場第一發現人？」

九夜仍然回答：「是。」

刑警大叔用下巴指了指，又問：「你認識這名死者？」

九夜搖頭道：「不認識。」

「以前來過這裡？」

「沒有來過。」

「那你為什麼會大半夜不睡覺跑到這裡來變成命案現場第一發現人！」

刑警大叔突然大聲咆哮了起來，把我嚇了一跳。

九夜仍舊波瀾不驚，微笑著說：「哦，剛好散步路過而已。」

散步路過？這個荒謬到可笑的回答，還沒等警方表示什麼，我便忍不住瞠目結舌地看向他。

靠，這傢伙，撒起謊來臉不紅氣不喘啊！

無論是剛才面對那具死狀可怖的屍體，抑或是現在面對警方咄咄逼人的質問，他居然都能保持如此鎮定自若的模樣。

嘖，以前還真是沒看出來，這傢伙表面上斯斯文文，可實際上……根本是在扮豬吃老虎！

九夜轉過頭看我，笑得很溫柔，問：「嗯？怎麼了？」

「呃，沒、沒什麼……」

我咽了口唾沫。

這時，一名年輕的刑警拿著本小冊子走過來，說要給我做筆錄。
我有點心虛，忐忑不安地看了看九夜。
九夜拍拍我肩膀，安慰說：「沒事的，去吧。」
我點了點頭，心裡思考著該如何隱瞞那個少年和紅線的事情。
不過，就算說出來，恐怕警方也不會相信吧？
給我做筆錄的警察叫麻小凡。
麻小凡是林崎的助手，林崎就是那位脾氣暴躁的刑警大叔，此刻他正拉著九夜不知道在說些什麼，越說情緒越激動，額頭上的青筋根根暴起，九夜卻始終一副慢條斯理、神定氣閒的從容表情。
「你叫什麼名字？」
麻小凡拿著筆錄冊子，很認真地問我。
我從皮夾裡取出身分證，道：「沈默。」
「年齡？」
「二十二。」
「職業？」

「呃……無業遊民。」我尷尬地撓撓頭。

「無業遊民？」

麻小凡看了看我，又回頭看了看九夜，問，「你和那傢伙很熟嗎？」

我點點頭，道：「阿夜是我的朋友。」

「朋友？什麼樣的朋友？」

我困惑地看著他，說：「我不是很明白你的意思。」

麻小凡猶豫了一下，言辭閃爍道：「有些話我不知道該怎麼說才好，不過，看你也不像是壞人的樣子，提醒你，不要和尉遲九夜走得太近……」

「為什麼？」

我更加茫然。

只見這個小警察湊了過來，壓低嗓音悄聲道：「從過去到現在，他已經是好多起命案的第一發現人以及報案人，並且，凡是他發現的命案，全都是無解的懸案……我們一直在懷疑……」

「懷疑什麼？」我追問。

這時九夜剛好回過頭，有意無意地瞥了麻小凡一眼，不知怎地，嚇得麻小凡突然間說不出話來，清了清嗓子，裝過什麼都沒說過的樣子，又繼續開始做筆錄。

做完筆錄已經是凌晨兩點。

刑警隊正在做現場勘查，法醫在進行初步驗屍。

那個女人的屍體還沒有完全僵硬，死亡時間應該是在兩小時之內。

這個推斷正好與少年出現的時間吻合。

而少年的消失，是因為女人從睡夢中醒來，隨後她走去廚房，打開冰箱找食物吃，可是吃著吃著……就這樣死了？

我一邊假想著當時的情形，一邊皺眉，轉過身，慢慢走到窗戶邊。

窗外夜色正濃，星月生輝。

大樓底下的街心花園亮著一排昏黃的路燈。

茂密的香樟樹枝葉隨著微風輕輕搖曳，在燈光下投射出一片斑駁光影。

我站在窗口，吹著徐徐而來的冷風，做了個深呼吸。

內心壓抑的感覺終於稍微緩解了一點。

我閉起眼睛，感受著拂面而過的新鮮空氣，再次睜開雙眼之時，卻在下方一片恍惚的光影交錯之中，看到了……

一個人？

穿著一襲白衣的年輕男人雙手插著口袋，佇立在樹下，微微仰起頭，陰冷的眸光似兩道穿破夜色的利劍，筆直地向我投射過來，看得我心頭驀然一驚。

怎麼回事？

他是在看我嗎？

這個人為什麼會半夜三更地站在那裡？

我茫然地望著他，而男人也在看著我，微瞇的雙眸之中透著一絲詭譎的笑意。

「小默，你怎麼樣？感覺還好嗎？」

背後響起了九夜的聲音。

「嗯，放心吧，我沒事。」

我回過頭，對他笑了笑，隨後再次轉眸看向窗外。

那個男人已經不見了。

兩天後，死者的驗屍報告出來了。

這個叫于曉燕的女人，死於長期營養不良，最後導致肝臟功能衰竭。

也就是說，她是活活餓死的。

九夜告訴我這個消息的時候，我正在和阿寶，還有影妖，一起津津有味地吃著鄭伯做的肉鬆月餅，聽得我差點當場噎住，難以置信地道：「噗，你說什麼？咳咳咳……餓死？咳咳……哪有人一邊吃東西一邊餓死的啊？」

我猛灌了幾口水，咽下嘴裡的食物後，又道：「而且她也不像是被人監禁的樣子，客廳裡又有那麼多食物殘渣，那些應該都是她吃剩下的吧？」

我不禁心下起疑，喃喃道：「不過，也真是奇怪誒，她吃了那麼多東西，為什麼還會每天晚上餓成那樣？整個人還瘦得皮包骨……」

九夜在我旁邊坐了下來，拿出兩張照片放到桌面上，將左邊的照片往前推。

「這張是一個月前的于曉燕。」

我低頭看了看。照片裡一共有三個女孩子，好像是在嬉笑打鬧的樣子，每個人都笑得很開懷。

「哦?你是說中間這個?」

我疑惑地皺眉，有點辨認不出來。

那天晚上我看到的于曉燕，已經瘦得只剩下一副骨架，根本看不出來她原本長什麼樣子。

而照片上的這個女孩，雖然也很瘦，很苗條，但是身材比例勻稱協調，體態非常不錯。

九夜又將右邊的照片往前推，道：「這是兩個月前的于曉燕。」

我轉過頭去一看，當即吃了一驚，愕然道：「什麼？這也是于曉燕？你是說，這兩張照片，居然是同一個人？」

「對。」九夜點點頭。

我驚訝地張了張嘴，再次看向右邊的照片。

照片的拍攝地點在餐廳，鏡頭中的女孩正狼吞虎嚥地吃東西。雖然她坐著，仍然可以看出她那滿身贅肉、超乎尋常的臃腫體態。

「天，這到底發生了什麼事情？僅僅兩個月的時間，她居然可以從過度肥胖，到瘦成竹竿，最後因營養不良而死……難道她服用了危險的減肥藥物？可是也不對啊，她好像一直在狂吃東西，這樣真的有在減肥嗎？」

我越想越覺得奇怪。

九夜緩緩靠進沙發裡，道：「沒錯，根據于曉燕朋友的說法，于曉燕生平最大的嗜好就是美食，她之所以會胖成這樣，也是因為長期暴飲暴食，熱量攝入過多導致的。

「她畢竟也是女孩子，也知道按照世人的眼光來看，女人要瘦才會好看，她也非常想減肥，可是又無法割捨美食，控制不住自己的嘴巴和對食物的貪欲，所以一直覺得很痛苦……」

「那後來呢？她究竟怎麼瘦下來的？」

我好奇地追問。

九夜笑了笑，把那張「減肥成功」的于曉燕照片遞了過來，說：「你用影晶石看看這張照片。」

我狐疑地從口袋裡摸出那顆玻璃球。

這顆影晶石，九夜說送給我了，我也覺得喜歡，一直隨身帶著。

我將玻璃球放在照片上，一點一點地仔細察看，直到影晶石貼上了于曉燕的臉孔，我忽然間呆了一下。

照片上的于曉燕在快樂地大笑，從她張開的嘴巴裡，我看到了一張呈倒三角形的綠色臉孔。綠臉上有一對不成比例的碩大圓眼，正賊頭賊腦地從于曉燕的嘴裡探頭張望。

「天啊，這、這是什麼東西？」

我倒抽了一口冷氣。

九夜淡淡回了兩個字：「餓鬼。餓鬼的特性就是永遠都吃不飽，永遠處於饑餓狀態，所以它們通常喜歡寄居在人類的胃裡。」

「你、你是說……這隻餓鬼住在于曉燕的胃裡？」

「沒錯，于曉燕和餓鬼做了交易。」

九夜點頭，道：「餓鬼幫助她在享受美食的同時順利減肥，而她讓餓鬼住進自己的胃裡，這樣她吃下的食物就能分給餓鬼，不會攝入過多熱量導致肥胖。可是，也許她不知道，餓鬼的胃口會越變越大。也許一開始餓鬼只是吃掉她的一半食物，但是後來，她吃下的大部分、甚至是全部食物，都會被住在胃裡的餓鬼吃掉，所以就算她吃下再多東西，也無法真正吃進自己的身體裡——」

「所以她才會一直感覺那麼饑餓，餓到半夜做夢都在找吃的！」我恍然大悟地喃喃道：「難怪……難怪她會不停地吃東西，卻又因為長期營養不良而活活餓死……」

我想了想，又道：「可是，于曉燕是怎麼找到這隻餓鬼的？」

九夜沉默片刻，緩緩道：「一定是有人教她這麼做的。」

有人教她這麼做？

不知道為什麼，我一下子就聯想到了那天晚上，那個站在窗外的白衣男人。

第七章 英靈

連續下了一個禮拜的雨終於停了。

算算日子，我在九夜家裡住了兩個月有餘，其間，我在一家知名文學網站找到了一份兼職，負責定期供稿給他們的故事專欄，也談不上是「作家」，就是個小寫手，純屬興趣愛好。

而這件事的起因，是由於某天突然心血來潮，我把之前九夜講給我聽的那些故事，以及後來我自己的個人經歷，寫成文字po到網路上，沒想到看的人越來越多，於是便有文學網站的編輯找到了我。

就這樣，我一邊住在九夜家裡，一邊開始了寫稿的日子。

母親打過幾次電話來，問我出差是否順利，大概幾時回去。我支支吾吾，始終不敢說出實情。

其實有好幾次，我已經收拾了行李打算回家，畢竟打攪了九夜這麼長時間，我自己也感覺不好意思。可是阿寶扯住我的衣服死活不放手，哭哭啼啼地說，如果我不在了，他會很害怕，他不想和九夜單獨相處。

呵，阿寶這孩子，不知道為什麼始終會害怕九夜，平時在家裡，他一直躲著九夜，總是喜歡黏在我身邊。

九夜微笑著，遞來一把鑰匙，說：「小默，如果還住得慣，不妨留下來，把這裡當作自己家，想住多久都可以。」

我很感動，正想道謝，誰知這傢伙接著說道：「有人幫忙打掃房間，還能每天做飯，挺不錯的。」

我額頭掛下黑線，啞口無言地瞪著他。

是的，這段日子以來，家務和一日三餐，基本都是我包了，雖然沒有做得很出色，但是勉強合格。

一個人在大學宿舍住了四年，我的自理能力還算可以，相比之下，九夜這傢伙完全是個少爺，家事能力幾乎為零，有一次叫他幫忙煎個雞蛋，都能差點把廚房炸飛。

他之前一個人住這麼大的房子，居然能平安無事地活下來，沒有把自己餓死，沒有把房子燒了，簡直就是個奇蹟。

「小默，今天我想吃芹菜牛肉炒飯，再加奶油羅宋湯。」

九夜把手裡那本《菜鳥廚師祕笈》反過來，指著上面的配圖，一副坐在餐廳裡點菜的口吻。

我抽了下嘴角，想說這個季節很難買到芹菜，可是阿寶歡呼了一聲，抱住我的手臂興奮道：「我也要吃芹菜牛肉炒飯！我也要吃！我也要吃！」

「好啦好啦！我知道了啦！別再搖我了！」

我把手臂從這黏人的小傢伙懷裡抽出來，無奈地扶住額頭。

不過，看到他們兩個人心滿意足的樣子，其實我也挺開心的。

說句老實話，其實我也……有點捨不得離開這裡，總感覺如果自己走了，這兩個沒有基本生活能力的傢伙會活活餓死……

如此想著，我不禁自嘲地笑了笑，然後儲存寫到一半的檔案，出門去買菜。

等我拎著一袋子菜回來，家裡多了一個客人。

那是個中年發福的禿頭男人，身上穿著印有某品牌logo的棉衫，脖子上戴著很粗的金項鍊，手指上的方形金戒指十分顯眼，手中還握了BMW的車鑰匙，渾身上下散發一股濃濃的暴發戶的氣息。

男人情緒激動地在對九夜說話，說得唾沫橫飛。

九夜淡然自若地坐在他對面，安靜地喝著茶，安靜地聽著。看到我回來，他對我招招手，道：「小默，你回來得正好，一起來聽聽。」

「呃，聽什麼？」

我放下手裡的菜，不明所以地走過去。

男人疑惑地回頭看我，眉頭一擰，粗聲問道：「他是誰？」

九夜微微一笑，回答說：「我的助手。」

「哦？助手？」

我在九夜身旁坐下，九夜介紹道：「這位是泰富地產的王老闆，王泰富。」

「哦，王、王老闆……你好。」

我笑得有點僵硬，滿臉問號地看向九夜。

九夜淺啜了口茶水，不徐不疾道：「王老闆遇到了點麻煩，所以今天來找我商量商量。」

「不是商量！是解決！」

王泰富激動了起來，大聲道：「無論多少錢我都出得起！你一定要幫我解決這件事，否則我會讓你在這一行再也混不下去，遺臭萬年！」

九夜不為所動，神定氣閒地品著手中的一盞香茶，一如既往地掛著那抹招牌式的溫和笑容，緩緩道：「王老闆，從你進門到現在，整整兩個多小時，我只聽到你在抱怨和發怒，卻沒有實際的委託內容。

「如果你無法清楚表達你到底希望我幫你做什麼，那麼請恕我無能為力。即便你是熟人介紹來的，我也不會接你的案子。」

沒有任何轉圜餘地的犀利言辭說得王泰富無言以對，過了好一會兒，他亢奮的情緒終於稍微緩和下來。

他抓起桌上的杯子，將已經冷掉的茶水一口飲盡，抹了抹嘴巴，道：「好，我現在就說，你給我聽清楚了。」

我還以為他要開始長篇大論，誰知道就只有一句話。

他說：「我手上的商業大樓建案，鬧鬼。」

語畢，再也沒有下文。

我忍不住問：「怎麼個鬧鬼法？具體發生了什麼事？」

「具體情況我也沒見過，全是聽工人們說的。」

王泰富回憶道：「鬧鬼的大樓其實快建好了，承重牆澆灌完成，也上了橫梁封了頂，只剩下內部結構的分隔牆。本來預計今年年底完工，但是一個多月前開始，工地就不斷發生怪事。

「有人說在晚上看到鬼影，有人說聽到可怕的嘶吼聲，剛砌好的牆壁莫名倒塌，夜間照明瞬間失靈，修也修不好，導致晚上根本無法施工。到後來，甚至有工人從鷹架上摔下去，全身癱瘓，他的老婆至今還鬧著要和我打官司，唉……」

他心情沉重地嘆了口氣，又道：「現在工人們集體罷工，說那棟大樓不乾淨，有問題，如果這個問題不解決，他們寧可不要工錢也不願意再繼續幹了。

「眼看著合約上約好完工的日期就要到了，我實在急得不知道該怎麼辦才好。工期多拖一天，就是要白白損失好多錢啊！我今天特意來登門造訪，就是希望您能幫我這個忙，拜託了！」

說著說著，王泰富放低了姿態，語氣徹底軟了下來。

九夜答應去工地看看，他這才稍微鬆了口氣。

王泰富走後，九夜轉眸望向我，笑著問：「怎麼樣，要不要一起去看看？」

我也笑了笑，說了兩個字：「當然。」

下午四點多，我們抵達了城西的建築工地。

這裡預計打造出一個綜合性商場，占地寬廣，樓高七層。

整個大樓的雛形已經建成，可是現場沒有半個工人，建築材料全都堆放在那裡無人看管，遍地塵埃隨著揚起的大風吹得到處都是。

燦爛陽光下，這棟鉛灰色的水泥建築卻格外死氣沉沉。

九夜圍著搭滿鷹架的大樓繞了一圈，從底層的入口走了進去。

我跟在他身後，一踏入大樓，便明顯感覺到了一陣冷颼颼的涼意襲面而來。樓內和樓外起碼差了五度以上，我縮了縮脖子，道：「這裡好冷啊。」

九夜沿著牆角邊緣，走得非常慢，幾乎走一步停一步。他手裡握著一小罐像是沙漏的東西，一邊走，一邊將沙漏裡的白色粉末撒在地上，隨著他的步行軌跡，所有牆角都留下了一圈白沙。

我蹲下來仔細看了看，驚訝道：「咦，這是鹽？你撒鹽做什麼？」

九夜只是笑了笑，賣關子說：「你等著看就知道了。」

說完，他把撒完鹽的空瓶子塞進我手裡。

大約半個小時後，天色漸漸暗了下來。

尚未竣工的大樓裡越來越黑，發電機壞了，沒有電源，也沒有其他照明設備。我和九夜拿出事先準備好的手電筒，微微搖晃的燈光下，眼前是一片空曠而陰暗空間，強烈的壓抑氣息令人喘不過氣。

「嗯，差不多了，小默，你來看。」

九夜用手電筒沿著牆角來回照了一圈。

藉著燈光，我吃驚地發現，之前撒下的那些白色鹽末，居然變得黑如碳粉，散發出一股刺鼻的硫磺味。

「鹽怎麼都變黑了？」我問。

九夜道：「鹽粒可以吸收瘴霾戾氣，僅僅半個小時，就已經全部發黑，看來這棟大樓的確有問題，而且問題不小。」

「喔？是什麼問題？」我忍不住問。

九夜故意壓低嗓音，說了一句很詭異的話。

他說：「這裡，有東西。」

我突然感覺背後一涼，渾身雞皮疙瘩都起來了。

「怎麼，怕了？」

我咽了口唾沫，強作鎮定地搖了搖頭，說：「才、才不怕！」

九夜笑了笑，問：「小默，你願意當我的助手嗎？這件事我需要你的說明。」

我咬著嘴唇，點了點頭，道：「嗯，好。」

九夜沒說究竟需要我怎麼幫忙，只是往前慢慢踱著步子。我亦步亦趨地跟在他身後，從一樓走到二樓，又從二樓走到三樓。每個樓層，九夜都沿著牆角巡視了一圈，看得非常仔細。

我不敢打擾他，一直沒有說話。

當所有樓層全都走完一遍，從七樓下來的時候，九夜說：「小默，你在這裡等我，我去打個電話。」

「哈？打電話？你、你去哪裡打電話？」

「這裡訊號不好，我去外面打。」

「我跟你一起去！」

我拉住他的手臂，難以掩飾內心的緊張與焦慮。

「嗯？跟我一起去？為什麼？」九夜挑了下眉。

「我、我……」我尷尬地撓了撓頭。

「我很快就回來，你不要亂走，就站在這裡等我。」

「可、可是……我……」

我想說「我有點害怕」，但是話到嘴邊又說不出口。

九夜按住我的肩膀，注視著我的眼睛，鄭重其事地叮囑道：「小默，聽好，你就站在原地等我，一步都不要離開。記住，無論發生任何事，無論看到任何東西，千萬千萬，一步都不能走動，知道嗎？」

看到他如此嚴肅認真的模樣，我越發緊張起來，點了點頭，說：「哦、哦，好……我知道了。」語畢，又不安地拉著他，說，「你、你快點回來啊。」

九夜拍拍我，意味不明地笑了笑，然後轉身離開了。

我佇立在原地，望著他的背影漸漸隱沒到黑暗中，直至消失在視線盡頭。

這傢伙，真的是去打電話嗎？為什麼偏偏要挑在這種時刻？

不知為何，我心裡總覺得疑惑，好像有什麼地方不對勁，可是又說不出理由阻止他。事到如今，只能期盼著他早點打完電話回來。

我緊緊握著手電筒，一動不動地站在六樓的空地中間，周圍黑漆抹烏的，什麼都看不清，什麼聲音都沒有，一片死寂之中只聽到自己越來越局促的呼吸。

其實我本來不怕黑，自問膽子也不小，可是之前九夜明確說過，這裡有東西。我不知道那究竟是什麼，也不知道那東西躲在哪，所以心裡感覺毛毛的，情不自禁地拿著手電筒往四周照來照去。

那一小圈恍惚的光亮在黑暗中掃著掃著，我居然、居然在牆壁上照到了一個人影！

顯然，那個小小的人影不是我自己，九夜也已經走了，我周圍沒有其他人存在，為什麼……為什麼牆壁上還會多出一個人影？

靠！難道是我眼花了嗎？

我用力揉了揉眼睛，再定睛一瞧。

牆壁上的黑色人影還在！

我甚至可以清楚地看到人影的頭顱和四肢，只見它貼在距離我大約十公尺遠的那堵牆上，姿勢正對著我，彷彿在盯著我看。

我腦袋「嗡」地一下，瞬間渾身毛骨悚然，很想立刻轉身逃離這裡。然而想起九夜離開前特意叮囑我，無論看到什麼東西都不能動，於是我咬了咬牙，硬著頭皮僵立在原地。

可是、可是我不動，那個黑影卻在動啊！

救命！那到底是什麼鬼東西？

我在心中叫苦不迭，眼睜睜看著黑影慢慢往我這邊移動過來。

隨著距離靠近，黑影的面積也變得越來越大，就好像從一個十來歲孩子的大小，迅速長到了我的兩三倍體積那麼巨大！

眼前的黑影已經蔓延到天花板，我忍不住顫抖著叫了起來：「阿夜，你回來了嗎？阿夜，阿夜，救命！」

就在我出聲求救的同時，整個黑色人形輪廓剎那間破牆而出，發出極其刺耳的尖銳咆哮，向我猛撲了過來，一片巨大的黑影兜頭籠罩而下。

「哇啊啊啊啊啊！」我嚇得抱頭大叫，手電筒都掉到了地上。

啪！啪！啪！

三道脆響破空劃過，在我耳邊帶起一道勁風。只見三張紅色紙條飛快而精準地貼上了人影的額頭、胸口，以及腹部。

一瞬間，黑色人形再也維持不住形狀，渙散成一團黑煙，可是黑煙裡面又好像包裹著什麼東西，不停地翻滾扭動。

紙條燃燒了起來，黑煙裡的東西痛苦嘶叫著。

我愣愣地癱坐在地，吃驚地看著那團火苗。

「你早就已經死了，何必再流連人世？」

一個低沉而熟悉的嗓音自背後揚起。

九夜從黑暗中緩緩走了出來，望著那團在赤色火焰中掙扎扭曲的黑煙，淡淡地問：「你為什麼不願意進入輪迴？為什麼不願意離開？」

黑煙沒有回答，只是不停嘶吼著，突然間從地面跳了起來，鑽進了一旁的牆壁裡，瞬間消失得無影無蹤。

而就在它跳起的同時，我聽到鐺啷一聲，好像有東西掉落下來。

果然，黑煙逃走之後，地面上留下了一塊巴掌大的金屬。

九夜走過去，將那塊金屬拾了起來。

我按著怦怦亂跳的胸口，坐在地上愣了好一會兒，忽然明白了一切。

九夜對我伸出手，問：「小默，你沒事吧？」

我沒有伸手，仍舊坐在原地，板著臉問：「你是故意的，對嗎？」

「嗯？什麼？」

九夜眨眨眼睛，若無其事地微笑。

我提高音量，道：「你剛才根本不是去打電話，而是故意留我一個人在這裡，把我當成誘餌，引誘那個東西出來，對不對！」

我越說越生氣，最後幾乎是在怒吼。

九夜看著我，並沒有否認。

「你、你太過分了！」

我火冒三丈地跳起來，沒想到坐的時間太久，腿麻了，膝蓋一軟，整個人往前撞進了九夜胸口。

九夜抱住我，笑著說：「可是，我有徵詢過你的意見啊。我問你願不願意當我的助手，我說我需要你的說明，你也毫不猶豫地答應了，不是嗎？」

「什、什麼？那也可以算？你、你、你……你這傢伙！」

我被氣到頭腦一片空白，想不出任何言辭來反駁，只能睜大眼睛咬牙切齒地瞪他，並且……並且還要微微抬起頭……

這傢伙個子比我高，可惡！

九夜深邃的眼眸裡帶著玩味的笑意，薄薄的唇角輕輕一揚，又綻出了那抹熟悉的、彷彿人畜無害的溫和笑容。

他抬手搓了下我的頭髮，淡淡地說：「走了，回家吧。」

語畢，便轉身向前走去。

「喂！喂！等、等等我！等等我啊！」我趕緊快步跟上去，哭喪著臉道，「拜託！不要再把我一個人留下來啊！」

九夜回過頭，低低地笑了一聲。

第二天上午，王泰富又來了。

由於熬夜趕稿，當我打著哈欠從二樓走下來時，九夜已經和他面對面地坐在那裡了。王泰富又換了另一身名牌服飾，也不知道是太過焦慮還是怎麼回事，滿臉都是汗，光禿禿的腦門油亮亮的。

他搓著手，急著追問：「那個……事情解決得怎麼樣了？」

九夜交疊起一雙長腿，靠著沙發，低頭喝了口茶，反問：「王老闆，你是不是做了什麼事情沒有告訴我？」

「啊、啊？什、什麼事情？」王泰富一愣。

九夜放下茶杯，道：「昨晚我去看過了，你的工地裡有一隻死靈。死靈是遊蕩在世間不願離去的死者亡魂，本來不會對人類產生危害，可是，那裡的死靈，卻被人用縛魂陣困住了，既無法離開，又得不到解脫，只能日復一日地忍受煎熬，久而久之就產生了蝕化。」

「蝕、蝕化？什麼意思？」王泰富問。

九夜道：「簡單來說，就是從普通的死靈，變成了惡靈。」

聽著他們的對話，我走過去坐了下來。

關於那團黑煙，後來九夜有向我解釋，那是死靈蝕化時產生的瘴霾戾氣，而在黑煙中掙扎扭曲著的東西，就是那名死者的靈魂。

可是那個死靈，為什麼會被困在工地裡？

王泰富的眼神遊移不定，反覆搓著自己汗涔涔的手掌，幾度張了張嘴，卻始終什麼都沒有說，一副欲言又止的樣子。

九夜喝了口茶，悠悠道：「王老闆，我接受委託有一項原則，委託人必須將所有事情如實相告，否則——」

「我說！我說我說，我全都說！」

王泰富抬起頭，急著打斷了九夜的話。他舔了舔嘴唇，道：「是，沒錯，我之前有請人去做過法。」

停頓了一下，他又說：「那是去年的事了，當時工地還沒開工，地皮仍然空著，我和另一個地產商同時看中了那塊地。為了搶奪開發權，我特意找人做法，耍了點陰謀詭計。果然，對方在視察地皮時被鬼魂嚇得不輕，立刻放棄了標案……」

「所以，當時你找人做的法，就是用縛魂陣，把一個本該轉世輪迴的死靈禁錮在這塊地裡，是嗎？」

九夜看著他的眼神格外犀利。

王泰富抹掉額頭上的冷汗，點了點頭。

我冷笑一聲，不客氣地說：「當初為了個人利益做了不義之事，現在卻反而害到了自己，還真是現世報。你根本就是自食其果。」

「是，是是是，是我不好，是我錯了。」

王泰富陪著一臉假笑，說：「你們看，我也得到報應，嘗到了苦果，所以……所以能不能麻煩你，幫我解決掉那個惡靈？」

九夜喝著茶，沒有說話。

王泰富又道：「實不相瞞，我有找過之前做法的那個人，可是不知道為什麼，無論如何都找不到，電話號碼也變成了空號，完全無法聯繫。我實在是迫於無奈，只能來求你幫我解決，拜託了。」

說著，他低下了頭，苦苦哀求著幾乎要跪下來。

九夜問：「你之前找的是誰？」

王泰富搖搖頭，說：「我是通過別人介紹找到他的，也不太瞭解那個人的底細，只知道他姓白，我們都叫他白先生。」

九夜微微一蹙眉，沒有說話。

而我卻是聽得心頭一驚。

姓白？白先生？我記得，在之前的六耳事件中，方彩雲曾經說過，送給她男朋友那幅畫的人也姓白？而這兩個姓白的人，會不會是同一個？

心念電轉間，我同時想到了餓鬼一案中，那個站在窗外的白衣男人。

冥冥之中，這三者之間似乎存在著某種聯繫。

隔了好一會兒，九夜才緩緩道：「那位白先生用的是桃木縛魂陣，桃木縛魂陣禁錮死靈的施法過程，是在一個空間的不同方位分別釘下六根桃木釘。桃木驅邪，陽氣太盛，死靈無法靠近桃木釘，所以只能終日遊走在縛魂陣邊緣，日復一日，直到漸漸蝕化，墮落成惡靈。

「剷除惡靈的唯一辦法，就是斬斷它的魂魄，可是被斬斷魂魄後的死靈，就會徹底灰飛煙滅，永不超生，所以——」

九夜眸光銳利地盯著王泰富，道，「所以，你知不知道，你究竟做了一件多麼卑劣殘忍的事情？」

王泰富臉上不停地冒著冷汗，小心翼翼地說：「對不起對不起，我也不知道事情會變成這樣，是我錯了，是我不對……呃，那個……您能不能看在我已經知錯的分上，幫幫忙，幫我剷除這個惡靈？」

九夜沉默了一下，道：「那個死靈被蝕化得很嚴重，除了斬斷它的魂魄之外，也沒有其他辦法了。」

「哦！是這樣啊！那、那太好了太好了！哈，哈哈！那就麻煩您了，您放心，事成之後，我一定會重重酬謝！重重酬謝！哈哈哈！」

王泰富頓時鬆了口氣，忍不住笑逐顏開，心情很好地離開了。

而九夜坐在沙發裡，若有所思地閉著眼睛，一直沒有說話。

阿寶走過來，拉了拉我的衣袖。

我摸摸他的頭髮，說：「你先自己去玩一會兒，我等一下再做早飯。」

阿寶乖乖地點點頭，捧著我給他的一盒巧克力豆走開了。

我轉過身，看到九夜從口袋裡摸出來一塊金屬。

「這是昨晚那個死靈留下來的東西吧？」我問，「是什麼東西？」

「一塊虎符。」九夜把手裡的物品遞給了我。

這塊沉甸甸、色澤發黑的銅製品，狀如虎形。

我知道，虎符就是兵符，是古代皇帝授與將帥調兵用的信物。

通常情況下，一枚虎符製成之後會分為兩半，一半留存朝廷，另一半則交付於將帥，當兩枚虎符合併之時，便可擁有絕對軍權。

我手裡的虎符只有一半，虎背上刻著一行字跡模糊的銘文。

我辨認了很久，才終於識別出來，那行字是：謹賜吾臣趙胤飛。

「趙胤飛？被縛魂陣困在工地裡的那個死靈，叫趙胤飛？」我喃喃地說著，愕然道，「居然是個古人？他應該已經死了幾百年了吧……」

「嗯，應該是的。」九夜點了點頭。

「他為什麼幾百年來一直徘徊於此地，久久不願離去？」

「死靈不願意離開，通常是因為執念。它們對現世帶著太過深刻的執著，所以無法進入輪迴。」

我問：「如果被斬斷了魂魄，那麼他就會灰飛煙滅，永永遠遠地消失，再也無法轉世，是嗎？」

「是。」

我握緊手心裡的虎符，思忖了幾秒，道：「阿夜，在你斬斷他的魂魄之前，能不能給我一點時間？」

「你想要幹什麼？」九夜看著我。

我說：「我想去調查一下，這個趙胤飛，究竟是什麼人。」

九夜笑了笑，問：「終將要毀滅的事物，還有必要調查嗎？」

我看著手中的虎符，堅定地說：「有必要。我想知道，究竟是什麼樣的執念，能讓一個死去的人幾百年來始終放不下。如果可以，我希望他在灰飛煙滅之前解開這個心結。」

九夜沉默了許久，淡淡說了句：「隨便你吧。」

我開始著手調查「趙胤飛」這個人。

首先想到的當然是網路，可是名字一打進搜索欄裡，便立刻跳出無數訊息。同名同姓的人實在太多，而經過仔細篩選之後，並沒有找到一個叫「趙胤飛」的古人，看來這個將領，並沒有名垂青史。

這樣的話，事情就變得比較棘手了，畢竟歷史上的統帥將領千千萬萬，我甚至連這個人是生在哪個朝代都不得而知，究竟該從何找起？

整整一天，我趴在電腦螢幕前，一遍又一遍地刷新網頁，搜尋資訊，直到看得頭暈目眩，不得不閉起痠澀的眼睛，疲憊不堪地揉了揉太陽穴。

九夜走了過來，嘆氣道：「你啊，真是拿你沒辦法。」

語畢，他遞來一本書不像書、筆記不像筆記的厚厚本子。

這本本子看起來年代非常久遠，居然還是白線裝幀的線裝本，斑駁的靛藍色封面上，用毛筆寫著四個楷體字：靖蘭縣誌。

九夜道：「我剛才去了趟市立圖書館，在檔案室裡找到這本縣誌，裡面有提到趙胤飛這個人物，你看看吧。」

「哦？原來你也去找了？嘿嘿，你這傢伙，口是心非。」

我偷笑著，促狹地朝他眨了眨眼睛。

九夜無奈道：「還不是因為你？你再查不到任何資料的話，我今天大概連晚飯都沒得吃了。」

「呃，拜託，我真懷疑如果哪天我不在了，你會不會活活餓死啊？」

我哭笑不得從他手裡接過縣誌，將陳舊泛黃的紙張小心翼翼地一頁一頁翻過去，問：「哪裡有寫到？」

九夜替我翻了幾頁，指著上面，道：「這裡。」

我趕緊低下頭，認認真真地看了起來。

不過，由於年代太過久遠，再加上早期沒有完善的保存技術，許多地方字跡損毀嚴重，整篇文章斷斷續續，看得極其吃力，但是看到末尾處，那些已經墨蹟淡化的文字給我帶來巨大的心理衝擊。

根據文字表述，雍熙年間，遼軍大舉進犯中原，趙胤飛將軍臨危受命，駐守在名為「靖蘭」的縣城。他率兵頑抗，驍勇善戰，遼軍無數次攻打，始終破不了城門，從而保住了靖蘭縣數萬百姓的安全，趙胤飛將軍也一度得到了眾人的推崇與敬仰。

可是，遼軍並未就此放棄，他們明白只要除掉趙胤飛，就可以破城門。他們想了一個計謀，派奸細混進城裡，四處散布遼軍本來打算撤退，是趙胤飛不斷下戰書逼戰的謠言。

此言一出，舉城混亂，百姓紛紛相信了謠言，認為是趙胤飛將軍帶來了災禍，把這個日夜守護靖蘭縣的抗戰英雄視為惡徒，甚至在城門處設下陷阱，將趙胤飛誘騙至此。

在全城百姓的唾棄之下，趙胤飛背負著罵名，被自己一心一意想要保護的人們活活亂石投死，死後屍首懸於城門之上。

遼軍一看到趙胤飛已死，便立刻出戰，輕而易舉就攻破了城門，靖蘭淪陷。城破之日，趙胤飛將軍遍體鱗傷的屍體仍然高高地掛在城門上，無法瞑目地看著這一切。

閱讀完這些文字，我握緊拳頭，心情久久難以平復。

「太過分了……這簡直太過分了！」

我悲憤交加地咬著牙，罵了句：「真是無藥可救的愚民！」

九夜嘆息道：「縣誌上記述的內容，我有去核實了一下，根據歷史檔案館中保存的資料，我們所在的這座城市，現在叫做蜜雲市，但是在古時候，是一個叫做靖蘭的縣城。王泰富在城西的那片建築工地，當時正好是靖蘭縣的城門。」

「城門？」我一愣，立刻道，「那縣誌上所說的，趙胤飛將軍率兵頑抗遼軍，死守城門，指的就是城西的城門嗎？」

「嗯，我覺得應該是。」九夜點點頭。

啊，難怪……難怪趙胤飛的死靈會千百年來一直徘徊在那個地方……

難怪他始終不願意離去……

我想，我終於可以理解了。

那一抹殘留在心中的執念與不甘，可歌可泣。

當天晚上，我和九夜再次來到城西的建築工地。

趙胤飛的死靈出現，它已經完全被蝕化，淪落為惡靈。

看著那團嘶吼著的黑煙，我心裡有種說不出的難受。九夜用紅紙條將它封在了牆壁上，然後取出一把桃木劍，剛要砍下去，被我攔住了。

「等等，我想給他看一樣東西。」

我抓住了九夜持劍的手。

九夜說：「沒用的，惡靈之所以為惡靈，是因為它徹底喪失了人類應有的理智，他不會明白你在說什麼。」

「可是……可是我想試試看。」

我從背包裡取出一樣東西，向那團黑煙慢慢走過去。

「喂，不要靠太近。」九夜拉了我一下。

我站在原地，將手中的東西向前舉起。

那是一塊小小的石頭墓碑，是我在歷史檔案室裡找到的，上面刻著八個朱紅色的大字——**黎民蒼生，英名永存**。

「趙將軍！你看到了嗎？這塊石碑，是當年靖蘭縣的一個百姓為你刻的！」

我對著那團黑煙，大聲說道：「並不是所有人都誤會你，還是有人把你當作英雄！仍然有人至今銘記著你！對於刻下這塊石碑的人、寫下《靖蘭縣誌》的人，還有當年許許多多衷心擁護你、尊敬你的部下和士兵，你永遠都是他們的英雄！永遠都活在他們的心裡！從未被人忘卻！」

話音落下，那團扭曲的黑煙，竟然奇蹟般地慢慢停止了嘶吼。

「黎民蒼生，英名永存！」

我念出墓碑上的八個字，往前跨了一步，高聲說道：「趙將軍，你的英名不會被埋沒！會永遠鐫刻在歷史的長卷上，銘記在我們心底！」

我無法抑制住心頭的激動與滿腔憤慨，捧著墓碑的手都在微微發抖。

眼前的那團黑煙開始消散，瘴霾戾氣逐漸褪去。

當黑煙散盡，我看到在五步之遙的地方，出現了一個人。那是一個頭戴紅纓、身披鎧甲的古代將軍。

鎧甲鏽跡斑斑，但是他的站姿仍然筆挺，英姿颯爽。

「趙將軍？你聽到我剛才所說的話了嗎？」

趙胤飛的死靈沒有說話，只是在沉默了很久很久之後，血肉模糊、滿目瘡痍的面龐上流下了兩行清淚。

他、他聽到了！他聽到我的話了！

我激動得想要走上前，但一陣冷風吹過，趙胤飛的身形竟然就這麼消失了，紛紛揚揚地飄落一地灰燼。

「怎、怎麼回事？」

我疑惑地看著九夜。

卻見九夜收起了桃木劍，嘆了口氣，道：「他選擇了自我了斷。」

「自我了斷？那、那他現在……」

「魂飛魄散，徹底消失了。」

我愣了一下，問：「就是指……趙胤飛將軍的亡魂，已經徹底灰飛煙滅，不會再輪迴轉世了，是嗎？」

「對。」九夜點了點頭。

我突然間說不出話來，雖然明知道這是必然的結局，可是心口仍舊難受得鈍痛起來，溫熱的淚水一下子奪眶而出。

望著那一片片隨風揚起的黑色灰燼，我哽咽著呢喃了句——

黎民蒼生，英名永存。

第八章 魂尾

出師未捷身先死，長使英雄淚滿襟。

這些天以來，我一直在感慨這句話。

我決定把趙胤飛將軍的事蹟記錄下來，讓更多人看到，讓更多人瞭解，在歷史上，曾有過這樣一位驍勇善戰的英雄。

於是，我白天忙著整理資料，晚上忙著寫專欄的稿子，眼看著截稿日期就快到了，我連續兩晚通宵熬夜，終於趕在第三天上午把稿子發到了編輯的郵箱裡。

我疲憊不堪地打了個哈欠，從電腦螢幕前站起來，伸了個大大的懶腰，揉了揉痠脹的眼睛，然後順手往書桌摸了一下。

啊咧？沒有？

低頭一看，那個總是被我習慣性地放在書桌右上方的隨身碟不見了。

隨身碟跑哪去了，我的稿子還沒存進去呢。

我到處尋找，可是翻遍整個桌面和抽屜，包括地上都仔細檢查過，始終沒有找到那個小隨身碟。

奇怪，難道被我放在其他地方，連自己都忘記了？

我扶了下額，死活回想不出究竟把隨身碟放到了哪裡，只能暫時放棄。

整個晚上一直在趕稿，沒有吃過東西，我早餓得饑腸轆轆，一邊哈欠連連，一邊搖搖晃晃地下樓覓食。

九夜不在，大概是出門去了。

阿寶一個人趴在窗戶邊，手裡捏著一根長長的羽毛搖來晃去，也不知道在做什麼。

我探頭看了看，原來是窗臺上蹲著一隻貓。

那隻通體銀白如雪、眼珠碧綠的大貓是這附近的流浪貓，前段日子我出門經常遇見，牠總是會跟著我走好長一段路。有時候我會從菜市場買小魚餵牠，沒想到牠居然找上了門。

「阿寶，你不要把貓咪放進家裡哦，還不知道阿夜喜不喜歡貓。」

我隨口叮囑了一句。

「好。」

阿寶回過頭，不知道為什麼，一看到我他就咯咯笑了起來。

我沒有精力跟他胡鬧，獨自走進廚房，從冰箱拿出雞蛋和冷飯，打算弄個蛋炒飯填飽肚子。然而，當熱騰騰的蛋炒飯出爐，我一嘗便噗地吐了出來。

靠！好辣！好辣好辣！

該死，我竟然把辣椒醬錯當番茄醬澆在了蛋炒飯上！

我趕緊猛灌一大杯冰水，稍微緩解了嘴裡的辣度，可是那盤倒滿辣椒醬的蛋炒飯已經不能再吃了。

真是可惡，人一累起來就是這樣，做事情錯誤百出。

我沮喪地嘆了口氣。

就在這時，我又聽到阿寶咯咯咯地大笑。

「阿寶，你到底在笑什麼？」

我惱火地轉身瞪他。

誰知我一轉身，阿寶也跟著一起挪動了位置，始終站在我背後，一雙小手在空氣裡抓來抓去，好像在捉蝴蝶或者小蜜蜂一樣。就連影妖也在一邊彈跳著，圍著我轉圈圈，似乎很興奮的樣子。

「喂，你們到底在做什麼？」我回頭看著他們。

阿寶眨了眨圓滾滾的大眼睛，露出一抹狡黠的笑容。

我正要再追問，卻聽到了房門開啟的聲音，九夜回來了。他手裡捧著紙袋，抬眸望見我，竟忽然噗嗤一聲笑了出來。

「拜託！你們一個個都在笑什麼啊！」我又氣又惱地看著他。

九夜往我身後指了指，說了句很奇妙的話。

「小默，你的尾巴跑出來了。」

「哈？尾巴？」

我往自己身後看了看，莫名其妙地說：「哪裡有什麼尾巴？拜託，我是個人好不好，怎麼會有尾巴！你當我是猴子嗎！」

「可是，人類確實是從猿猴進化來的啊。」

九夜忍著笑意，放下手裡的紙袋，將我拉到陽光明媚的窗前，指著我映在牆上的影子說：「你自己用影晶石看一看就知道了。」

我從口袋摸出那顆透明玻璃球，舉到眼前一看。

天啊！我、我在自己影子的後面，真的看到了一條細細長長的尾巴！

那條尾巴就像擁有意識一樣，甩來甩去地和阿寶玩捉迷藏，阿寶不停伸手捉它，一邊捉一邊咯咯笑。

「怎麼回事！為什麼我的影子會有尾巴！」我吃驚地叫了起來。

九夜笑了笑，解釋道：「這個世界上，凡是擁有自主意識的生物，都擁有靈魂。人類是由猿猴進化而來，最初形成自主意識的時候，人類還是只有尾巴的『猴子』，所以人類的靈魂，原本也都有著尾巴。

「後來猿人進化成現代人類，肉體的尾巴慢慢退化，直至消失，但靈魂始終還是拖著一條尾巴，這條尾巴，就叫做魂尾。人類進化之後，大腦更加發達，意識也跟著更加強大，強大到能控制自己的魂尾，令魂尾不再顯形。這種控制技能不需要刻意學習，就像呼吸一樣，一出生就會，所以通常情況下，魂尾不會顯露出來。」

我不明白地問：「那為什麼我的尾巴跑出來了？」

九夜輕輕一笑，說：「因為你太累了。當一個人過度勞累、精神狀態極度疲乏，意識和思緒就會變得遲鈍，無法控制魂尾。不受控制的魂尾仍保持著猴子的天性，非常調皮，喜歡跟主人惡作劇。譬如，故意偷走你的眼鏡讓你找不到；再譬如，悄悄替換掉你的一支襪子，讓你穿不同顏色的襪子出門；又或者——」

「又或者，神不知鬼不覺地把辣椒醬放到我手邊！」

我激動地打斷了九夜，說：「難怪我剛才放錯了調味料！原來如此，原來是這條尾巴搞的鬼！」

九夜指著牆壁上的影子，問：「你是不是也有東西不見了？」

我一愣，趕緊道：「隨身碟！我的隨身碟不見了！」

通過影晶石的照射，我赫然發現，那條長長的尾巴末端捲著一枚小小的東西。雖然只是個影子，但我還是認了出來，那正是我之前苦苦尋找的隨身碟！

我焦急地望向九夜，問，「要怎麼才能把我的隨身碟拿回來？」

九夜笑著說：「現在拿不到，只有等魂尾消失，被它捲走的東西才會出現。」

「那怎麼才能讓這條尾巴消失？」我又追問。

九夜拍了拍我肩膀，道：「很簡單，去好好睡一覺，等你的精神和體力完全恢復，魂尾自然就會消失。」

「呃，就、就那麼簡單？」

我抓了抓頭髮，雖然感覺有點奇妙，但也沒有其他辦法，只能照九夜所說的，乖乖回房間裡好好睡了一覺。

可能真的是太累了，這一睡，就睡了整整一天一夜。當我再次醒來時，已經是第二天的上午了。

充足的睡眠之後，整個人好像充滿了電一般，精神抖擻，活力滿滿。

我從床上翻身坐起，深深吸了口新鮮空氣，然後轉過頭，竟然一眼就看到了安靜地「躺」在書桌右上方的那枚隨身碟。

我忍不住笑了笑。

看來，魂尾應該消失了。

魂尾還真個有趣的東西，原來人在疲乏時會頻頻出錯，都是它在搞鬼。

我對這條調皮的尾巴產生了濃厚的興趣，有時天氣好，在陽光燦爛的午後，我會坐在咖啡館裡用影晶石觀察過往路人的影子，看看有誰的尾巴跑出來了，有誰的尾巴正捲著某樣東西在和主人惡作劇。

可是萬萬沒想到，這個舉動將我牽扯進了一樁離奇的事件裡。

而這個事件，要從那個女孩的影子說起。

那是個年輕的女孩，長得很漂亮，齊耳短髮，眼睛大大的。

一開始她只是從咖啡館的落地窗前經過，通過影晶石，我吃驚地發現，她投射在地上的身影，居然有著九條毛茸茸、很蓬鬆的大尾巴。

我不禁嚇了一跳，可是當我放下影晶石，窗外的女孩就不見了。我還以為是自己眼花，坐在位子上呆了一會兒。

然而不到兩分鐘後，那個女孩居然從咖啡館門口徑直走了進來，筆直地走到我跟前，頭一歪，笑著問：「剛才你都看到了，是嗎？」

我被她問得差點一口咖啡噴出來，結結巴巴道：「看、看到什麼？」

女孩彎下腰，翹起了玲瓏的小屁股晃了晃，對我甜甜一笑。

這個動作由一個美女做出來，在旁人看起來很有誘惑力，非常曖昧，但是我明白她的意思，她是指——尾巴。

我輕咳了一聲，乾脆點點頭，坦誠道：「嗯，看到了，九條尾巴。」

我頓了頓，又問：「妳是狐狸精嗎？」

女孩噗哧一聲笑了出來，在我對面坐下，說：「難道在你們人類的眼裡，只有狐狸才有九條尾巴嗎？」

「呃，因為，我只聽過九尾狐嘛……」我尷尬地撓了撓頭。

跟著九夜一起經歷過那麼多奇奇怪怪的事件之後，我對這些超出常識範疇之外的事物不再那麼害怕了，而且這裡是咖啡館，周圍有那麼多人，也不是妖怪可以隨便撒野的地方。

所以我好奇地看著這個女孩，問：「妳到底是什麼？」

「你猜呢？」

女孩笑嘻嘻地賣關子，從我面前拿過咖啡杯，淺嘗了一口，然後大概是覺得不好喝，立即伸出舌頭「嘶」了一下。

「太苦了是嗎？」我笑了笑。

女孩搖搖頭，道：「才不是呢，是太燙。」

「太燙？」我摸了摸咖啡杯，說，「明明就已經冷掉了啊。」

女孩對我吐吐舌頭，道：「難道你沒聽說過『貓舌』嗎？貓的舌頭非常敏感，天生怕燙，哪怕對別人來說是冷掉的東西，貓舌也會被燙到。」

「所以說……妳是貓？」

女孩狡黠地彎起嘴角，好像某種貓科動物一樣地抬起手掌，撐著桌面把臉湊了過來，故意眨了眨眼睛。

「小默，你真的認不出我了嗎？」

她的瞳孔收縮了起來，在陽光底下變成一條細線，瞳眸中折射出一抹碧綠的光芒，彷彿璀璨的綠寶石。

這雙美麗而又妖冶的瞳眸，我見過。

「啊！妳、妳、妳是那隻流浪貓！」

我大叫了一聲，把周圍人都嚇了一跳，紛紛回過頭來看我。

我意識到自己的失態，趕緊壓低嗓音問道：「妳是那隻最近一直在窗外徘徊的白貓嗎？」

女孩瞇起眼睛笑了笑，冷不防地往我臉頰舔了一口。

我感覺到她舌苔上細小的肉刺劃過我的皮膚，帶著微微的刺痛感。

「沒錯。我的名字是夏雪，你可以叫我小雪，就是別再叫我小白了，記住了嗎？」

「夏雪？妳居然有姓？」我意外地看著她。

「怎麼，貓就不可以有人類的姓嗎？」

女孩湊到我面前，嬌嗔地瞪著眼睛。

我往後靠了靠，抽著嘴角說：「可、可以，小雪，我記住了……咳咳，那麼，小雪，為什麼妳最近總是要跑到我家，呃，不對，跑到我朋友家來？」

此話一出，女孩明亮的眼神忽然黯淡了一下。

她說：「我想請你們幫個忙。」

「幫忙？」我覺得有點好笑，說，「妳一個妖怪都解決不了的事情，我身為人類要怎麼幫妳？」

女孩咬了咬嘴唇，道：「就算你幫不上忙，但是我知道，你那個朋友，他一定可以幫到我。」

「妳是說九夜？」

我不禁再次愣住。

第九章

不死・上

當天下午，我把小雪帶回了別墅。

不巧，九夜正好不在。最近他出門非常頻繁，不知道究竟在忙什麼。

阿寶懷裡抱著影妖，坐著樓梯扶手，從二樓興沖沖地滑下來，好奇地看著小雪，看著看著，居然摸出了一根長長的羽毛，捏在手裡搖來晃去地揮舞起來。

「嘖，小鬼，我不喜歡羽毛！」

小雪瞪了他一眼。

我忍不住笑了，看來阿寶認出了小雪就是那隻白貓。

小雪走路的姿態非常輕盈，落步絲毫沒有聲音，才一眨眼，她已經在客廳裡來回繞了一圈，問：「你那個朋友好像不在？」

「嗯，他出門去了，我們等等吧。」

我去廚房倒了兩杯果汁，一杯給小雪，一杯給阿寶。

阿寶捧著果汁，喜孜孜地喝著，坐到電視機前的地毯上看動畫。

影妖則圍著小雪跳過來跳過去，還彎起眼睛色咪咪地企圖鑽到小雪的裙子底下，被我瞪了一眼之後，才灰溜溜地滾去了角落。

我和小雪面對面地坐了下來。

隔了一會兒，我說：「阿夜不知道幾時才回來，妳要不要先跟我說說看呢？也許我可以幫上忙。」

小雪沒有立即回答，而是伸出舌頭舔了幾下果汁，喝完果汁，她終於開口道：「其實，我是想請你們幫我救一個人。」

「救人？救誰？」

「我的恩人。」

小雪道：「就在一個月前，我被一個很厲害的捉妖人追殺，差點送命，最後不得已，化為了貓型，帶著傷逃進了一戶人家的院子裡。那戶人家的女孩收留了我，還替我療傷，我欠她一份情。」

「唔，貓果然是一種會報恩的動物啊……」

我感嘆了一句，問：「妳的恩人遇到了什麼麻煩？」

小雪說：「我懷疑她被人詛咒了。」

「詛咒？為什麼？」

「她日復一日地都在過著同一天。」

「同一天？什麼意思？」

我完全聽不明白，莫名地看著小雪。

小雪指著牆壁上的掛鐘，說：「二十四小時，她的時間，始終逃不出二十四小時，每天都在重複著同樣的行為。一旦過了午夜十二點，她的記憶就會被清除，不記得前一天發生的事情，第二天繼續重複。」

這番話說得很抽象，我努力分析了一下，問：「妳的意思是說，她的生活一直在重複過著同一天，並且她本人不知道這件事？」

「對，沒錯。」

「這一天有什麼特別的地方嗎？」

小雪沉默了片刻，說：「她自殺了。」

「自殺？」我感覺有點不可思議，問，「妳難道是說，這個女孩每天都在自殺？」

小雪點點頭，道：「她每天晚上都會自殺，可是過了午夜十二點又會復活，好像不記得自己已經死了一樣，搖搖晃晃地回到床上睡覺。到了第二天晚上，她又再次自殺，然後過了十二點又再次復活，就這樣不斷重複。我已經親眼看見她死了七次，又活了七次。」

說完，她忍不住嘆了口氣。

我愕然道：「那個女孩，她難道是不死之身嗎？」

小雪苦笑著搖搖頭，說：「我也不知道。我感覺那可能是個詛咒，可惜我還沒有修成正果，沒有能力幫她，只能來向你們求助。」

我心頭忽然浮起一個疑問，說：「妳是怎麼找到這裡的？妳肯定阿夜一定可以幫上忙？」

小雪笑了笑，笑得有點詭祕，她說：「因為，我知道你那個朋友是誰。」

我想追問，卻被她用食指抵住了嘴唇。

「你不要問，我不會說的，因為連他自己都沒有告訴你。」

語畢，小雪俏皮地眨了眨眼睛。

「呃……」

我無可奈何地瞪著她，嘟囔著說：「就算你們都不說，其實我多少有點想法。阿夜他的身分……應該是捉妖人或者除魔師之類的吧？總是有人上門找他解決奇奇怪怪的事情。雖然這個職業很神祕，但是我也能理解……」

小雪但笑不語，過了一會兒，她忽然湊了過來，問了一句非常奇妙的話。

她說：「你有沒有想過，你的朋友為什麼會留你在身邊？」

我一愣，支支吾吾地回答說：「那是因為……因為阿夜他想邀請我當助手……」

「當助手？他為什麼不邀請別人，偏偏邀請你呢？」

小雪近距離地凝視著我的眼睛。

我被她看得忍不住往後挪了一步，說：「因為我們是朋友……」

「哦？朋友？」

小雪笑得越來越詭譎莫測，說：「難道，你從來都沒有想過一個問題嗎？」

「什麼問題？」我一臉茫然地看著她。

她眨了眨眼睛，往旁邊瞥了一眼，故意壓低嗓音問：「你難道從來沒有想過，為什麼，你可以看到影妖？」

小雪笑了笑，說：「普通人是看不見影妖的，可是，你從一開始就能看見吧？」

我一愣。

沒錯，我從一開始，就能看到影妖。

第一次見到影妖，是在面試的時候，當時除了我之外，會議室裡還有六名面試官，卻只有我一個人能看到牆壁上的那團黑影。

之後我在大街上被影妖一路追趕，似乎也沒有其他人能看見，從頭到底，能夠看見影妖的，除了九夜之外，就只有我……

為什麼？這是為什麼？

我努力地想要思考這個問題，不想還好，一旦細想，便立刻感到頭痛欲裂，根本沒辦法繼續往下探究。

小雪若有所思地看著我，張了張嘴，可是最後，她什麼都沒有說。

傍晚六點。

九夜遲遲沒有回來，打手機也無人接聽。

眼看天色漸漸暗了下來，小雪說：「不如，你先陪我去那戶人家看一看？」

我摸了摸口袋裡的影晶石，心想這樣也好，也許可以先用影晶石，看看那戶人家是不是有什麼奇怪的東西。

我和小雪一同出了門，臨走前，我發了一串很長的消息給九夜，把大致情況都說了一遍。

然後請他放心，我會盡快回來。

那戶人家在很偏僻的荒郊野外，中途需要穿過幾條小溪和一片樹林，沒有現代化的交通工具可以到達，只能靠步行。

小雪帶著我走了足足三個多小時，走得我腿都快斷了，抵達的時候月亮早已掛在天上。

看到那戶人家的第一眼，我感覺有點震驚，以及震撼。

清冷皎潔的月輝下，一棟古色古香的四合院落矗立在一片荒無人煙的曠野之上，青磚黑瓦，深宅大院，散發一股濃濃的神祕氣息。

我當下就覺得不太對勁。

這個彷彿與世隔絕的地方，恐怕甚至沒電沒有瓦斯，居然會有人住？

我真是好奇，究竟會是什麼樣的人家，住在那棟深宅大院裡面？

小雪好像對宅子很熟悉，拉著我繞到圍牆後面，說那裡有廚房的後門，可以與外界相通。

我跟著她，推開那扇斑駁古老的木門，兩人躡手躡腳地走進了宅院裡。

我從口袋裡摸出影晶石，藉著明晃晃的月光，準備照照這裡的環境，誰知還沒來得及抬手，就聽到耳邊傳來一陣撕心裂肺的哭喊聲——

「家明！你醒醒啊！家明！家明！」

我嚇了一跳，轉身望向聲音的出處。

小雪拉了拉我袖子，示意我跟她走。

穿過一條幽暗的回廊，我們到了四合院的中庭，躲在一根柱子後面。

中庭站著好幾個人，男女老少都有，大家圍成一圈，圈子裡有個看起來十八九歲的年輕女孩。她癱坐在地，懷中抱著一個口吐白沫、面色發青的男人。

男人閉著眼睛，四肢看起來非常僵硬，像是已經死亡多時。

「是你們害死了家明！一定是你們害死了家明！」

女孩抱著男人的屍體，哭得心都要碎了，眼神充滿了哀慟與憤怒。

「秋音，妳不要這樣含血噴人。家明是自己誤食了老鼠藥才會中毒身亡，他的死與我們無關，謀殺的罪名我們可承擔不起。」

一個穿著綠色旗袍的女人，手裡搖著一把絹扇，輕飄飄地吐出這番話。

「就是啊，我媽都已經解釋那麼多遍了，妳難道聾了嗎？」

綠旗袍女人旁邊站著一個書生模樣的眼鏡男，應該是她的兒子，也在語氣尖酸地數落那個女孩。

女孩淚流不止，傷心欲絕。

這時，另外一個中年女人往前走了一步，勸道：「秋音啊，不要再哭了，明天妳就要嫁人了，要是把眼睛哭腫還怎麼出嫁啊？家明的死，我們也很遺憾，知道你們從小一起長大，情同兄妹，會傷心也是人之常情，但明天是妳的大喜之日，妳別再難過了──」

「你們就死了這條心吧！我絕對不會嫁給那個老頭子！」

女孩從地上站了起來，憤然回道。

「欸？妳這什麼話，人家馮司令哪點不好了？妳嫁過去之後必定是天天吃香喝辣，後半輩子衣食無憂。撿了這個大便宜，妳應該偷笑才對！」

又一個女人站出來大聲斥責，周圍的人紛紛附和，嘰嘰喳喳說個不停。

女孩被逼得一步步往後退，淚流滿面地靠在牆角。

最後那個綠旗袍的女人指著她的鼻子，冷冷罵道：「不要敬酒不吃吃罰酒，就算打斷妳的手腳，明天也會把妳綁上花轎！」

「瘋子！你們這群喪心病狂的瘋子！我做鬼也不會放過你們！」

女孩歇斯底里地哭喊著衝了出去，咚的一聲悶響，竟然一頭撞在了旁邊的石柱上，力量大到連脖子都撞歪了，血濺當場。

周圍的人驚叫的驚叫，後退的後退，卻沒有一個人上前扶她，他們眼睜睜地看著女孩就這樣緩緩倒了下來，摔在男人屍體身旁，雙目圓瞠，七孔流血。

我趕緊拿出手機報警，卻發現手機電量不足自動關機了。小雪拉著我衣服，搖搖頭，示意我什麼都不要做，繼續看下去。

沒過多久，女孩徹底斷了氣，倒在地上再也沒有動彈。

就在女孩死亡的瞬間，周圍的人全都驟然凝固，好像定格的電視畫面，臉上仍然保持著或驚訝或恐懼的生動表情，彷彿一個個栩栩如生的蠟像一般。

啊咧，這是怎麼回事？那些人都怎麼了？

我躲在柱子後面，不敢冒然出聲，只能向小雪尋求意見。

她毫無顧忌地走了出去，走到中庭的院子裡，然後回頭看我，說：「沒關係，出來吧，這些人暫時不會再動了，也不會知道周圍發生的事情。」

說著，小雪走到女孩的屍體旁看了看，哀聲嘆了口氣。

「這是什麼情況？這些人怎麼不動了？」

我半信半疑地走過去，在那些「蠟像」眼前揮了揮手，他們卻連眼睛眨都沒眨一下。我壯著膽子，用手指戳了其中一人的臉頰，他的皮膚冰冷，絲毫沒有溫度。

我又拿出影晶石，將院子照了一遍，沒發現什麼異樣。

「怎麼回事？」我疑惑地看著小雪。

小雪聳了聳肩，搖頭道：「我也不知道，這戶人家每天都是這樣。」

她看了看天色，又說：「還有一個多小時，等過了午夜十二點，這些人就會恢復過來，走回各自的房間。你等著看吧。」

我滿腹狐疑地皺著眉，手機沒電，無法與九夜取得聯絡，眼下也無計可施，只能在原地等。

那滿院子的男女老少立在幽暗的夜色中，好像一座座雕像，讓我想到了《恐怖蠟像館》那部電影，越看越毛骨悚然。

時間一分一秒過去，很快，到了午夜十二點。

院子裡的人，果然又再次動了起來。

先是中毒身亡的青年，然後是那個撞頭自殺的女孩，他們從地上爬了起來，就好像什麼事情都沒發生過，自顧自地回到各自的房間。

而其他人也是如此，沉默著紛紛離去，彷彿一齣戲散了場。

才不過短短幾分鐘，院子裡已經空空蕩蕩，一個人都沒有留下，只剩晦暗不明的月光鋪灑在青灰色的石磚上。

一陣冷風吹過，我感覺遍體生寒，忍不住打了個激靈。

「那些人難道都是殭屍嗎？」

小雪搖搖頭，說：「我覺得不是，白天時他們很正常。」

她又問：「怎麼樣，不如乾脆等到天亮看看？」

「等到天亮？」

「對啊，我看你被勾起了好奇心，就算現在回去，肯定還會再來的，不是嗎？」小雪壞壞地笑了笑，狡黠地擠著眼睛。

「呃……」我撓撓頭。

她說的沒錯，我真的非常好奇這戶人家到底是怎麼回事，就算現在回去，後面肯定還會再來，而這一來一去的路程就要花費六個小時……

「好，那就乾脆等到天亮吧。」

我果斷下了決定。

說是等到天亮，最後我還是藏在一個隱蔽的角落裡，靠著牆壁迷迷糊糊地睡了過去。

等我醒來的時候，天色泛白，小雪不知道什麼時候離開了，我一個人四處轉了轉，看到那個之前自殺的女孩子手裡抱著一隻白貓，從房間裡走出來。

我趕緊躲到一扇門後面，偷偷望出去。

女孩好像完全不記得自己死過一次，言行舉止和常人並無差別。

日上三竿，深宅大院開始忙碌了起來。

復古風格的屋宇宅院，手搖絹扇穿著旗袍的女人、留著長辮的青年，這一切的一切，讓我感覺彷彿穿越到了百年前。

整整一天，所有人都在忙著布置，到處張燈結綵，掛紅綢，掛紅燈籠。

因為那個叫秋音的女孩，明天就要出嫁了。

女孩看起來並不開心，一直悶在閨房裡。

時間漸漸推移，日落西山，小雪從廚房偷了兩個饅頭給我吃。

我啃著饅頭，聽到她嘆了口氣，說：「又是一整天的重複。」

到了晚上九點左右，我看到那個女孩收拾了一個小包裹，一個人偷偷跑到院子的偏門，好像在等人的樣子，不時地看看天色，滿臉焦急。

我和小雪躲在一旁看著她。

沒過多久，院子裡陸陸續續來了許多人。

那個中毒身亡的青年屍體被拖了出來，和昨晚一模一樣的情節再度上演。

同樣的臺詞，同樣的人物，同樣的時間點。

當女孩準備再次自殺時，我情不自禁地想衝過去阻止，但是才往前踏出一步，就被人拉住了。

回過頭，竟然看到了一張熟悉的臉龐。

「阿夜？」

第十章 不死・下

我吃驚地望著不知何時出現的九夜。

九夜微笑著輕輕「噓」了一聲，拉著我從院子的後門走了出去。

「阿夜，你、你怎麼會找來這裡？」

話音剛落，一團黑色毛球從草叢裡跳了出來，蹦到我的肩膀上。

「是影妖帶我來的，它可以感覺到主人的氣息。」

九夜輕聲責備道：「你啊，突然消失了一天一夜，手機也關機，阿寶都說不清楚你去了哪裡，我還以為你被妖怪捉走了呢。」

說著，他淡淡笑了笑，隨後轉眸看向我身後的小雪。

小雪似乎有點害怕，看著九夜的眼神裡充滿了敬畏，她垂下目光，用懇求的語氣低聲說：「我想請你救救那個女孩子，拜託了。」

她畢恭畢敬地向九夜鞠了一躬。

我愕然地張了張嘴，一個已經修煉出九尾的貓妖，居然向九夜鞠躬？為什麼？

九夜則神情淡漠，沒有說話。

小雪急著道：「我願意用八條尾巴作為交換。」

九夜微微一哂，道：「何必呢，妳已經修得九尾，再生一尾便可得道。」
小雪咬了咬嘴唇，說：「那個女孩救過我，我想幫她。」
九夜搖搖頭，說：「抱歉，這件事，我恐怕無能為力。」
我趕緊一把拉住他，求情道：「阿夜，你幫幫小雪吧，念在她知恩圖報的分上，就幫她一下吧，好不好？」
「不是我不幫，而是我幫不了。」九夜看向那棟被夜色包圍的宅院，緩緩道，「因為這戶人家根本不存在。」
「不存在？」
我和小雪都愣了一下，不明白他說的是什麼意思。
九夜沒有立刻解釋，而是問了一個毫不相干的問題。他說：「你們知不知道有一種曲藝，叫做柳葉笛曲？」
我皺眉想了想，搖頭道：「沒聽過。」
「嗯，沒聽過也很正常，因為這種曲藝，現在已經失傳了。」九夜微微瞇起眼睛望向遙遠的夜空，悠悠地說道，「柳葉笛曲，是用柳樹葉片製成的特殊葉笛，不同大小與厚薄的樹葉，可以吹奏出不同的音調。通常吹笛人會吹奏一段柳葉笛曲，唱一段故事，樂曲的抑揚頓挫與故事情節相輔相承，倘若吹得好，唱得好，總會讓人聽得入迷。

「這種邊吹邊唱的曲藝，在民國初期紅極一時，其中最為膾炙人口的一首柳葉笛曲叫做《芳草碧雲天》，那時候無論男女老少，幾乎人人都會哼唱那麼一兩句，可以堪稱是當年的經典之作。只是可惜，這門曲藝太過古老，吹奏難度高，並沒有流傳下來。」

「哦？《芳草碧雲天》……」

我重複了一遍，好奇地追問：「這個故事在講什麼？」

九夜笑了笑，說：「這是一個淒美的愛情故事。講述一個梅姓財主，有正室和七個姨太太。七個姨太太分別生了七個兒子，唯獨正室沒有子嗣，直到過了許多年，才生下一個小女兒，名為秋音。

「老來得子，又是唯一的女兒，秋音被財主視為掌上明珠，寵愛有加，七個姨太太對此心生嫉妒。在梅秋音七歲那年，財主與正室死於一場旅途意外，留下了小女兒一個人，七個姨太太從此便把秋音當作丫鬟使喚，處處刁難。

「幸好，有個傭人的兒子一直在默默幫助她，兩人青梅竹馬，從小一起長大。那個傭人的兒子叫做何家明。」

「何家明？梅秋音？家明……秋音……」

我和小雪面面相覷。

這不正是那個自殺的女孩子，以及中毒身亡的青年嗎？

還沒來得及發問，又聽九夜道：「在《芳草碧雲天》中，最為出名的一段曲子，也是整個故事的高潮，就是秋音十八歲那年，被飛揚跋扈的軍閥看中，想娶她回去做小妾。秋音不願，軍閥便向七個姨太太許以重金，承諾予以她們的兒子官位。

「七個姨太太逼著秋音出嫁，可是在出嫁前夜，何家明決定帶著秋音私奔，兩人相約九時許碰頭。未料消息洩漏，何家明被姨太太的兒子在茶水中下了老鼠藥，毒發身亡，秋音也自殺殉情。」

故事講完，我和小雪都呆住了。

這個劇情，根本和那戶宅院中發生的情況一模一樣！

怎、怎麼會這樣？那是一齣戲？

可是眼前的深宅大院，還有院子裡的人，卻是真真實實存在的啊！

靜默了半晌，小雪恍然大悟地說：「難道，是言靈嗎？」

九夜點頭道：「沒錯，就是言靈。」

「言靈？什麼叫言靈？」

我茫然不解地看著他們兩個。

「所謂言靈，簡而言之，就是語言的力量。」九夜往前慢慢走，說，「語言，是人類有別於其他動物的一門技能，歷史可以追溯到千萬年前。在經年累月的洗禮與錘鍊後，人類的語言變得越來越具有靈性，越是經過人們口耳相傳的語言，力量就越強大。

「你有沒有聽過一句話，叫做『謊言千遍成真』？其實，並不是謊言本身會成真，而是因為說的人多了，言靈的力量太過強大，最終以具體的形態呈現出來。例如某些妖魔鬼怪，其實最初並不存在，但是因為古往今來說的人多了，相信的人多了，所以就真的具現化，成了形。這，就是言靈的力量。」

九夜一口氣說了那麼多，我還是聽得一知半解，只能勉強分析出，眼前的深宅大院，還有院子裡的那些人，這一切的一切，原本只存在於一齣戲曲裡。因為這齣戲紅極一時，傳唱的人多了，所以戲裡的一切就藉著言靈的力量漸漸成形。

我不免有些吃驚，看著九夜愕然道：「按照你剛才所說，柳葉笛曲是民國初期流行的樂曲，不就代表這戶人家在那個時候就出現了？這一百年來，他們每日每夜都在重複上演著同一個戲碼？」

小雪感慨道：「恐怕是這樣沒錯。」

「那……他們就這樣無休無止地永遠演下去嗎？」我又追問。

九夜微微一笑，說：「不會。等到世上最後一個會吹奏《芳草碧雲天》的曲藝人過世，這場戲，就該落幕了。」

他拍拍我，道：「別多想了，回去吧。」

我點點頭，一邊跟著九夜往前走，一邊忍不住回頭，再次望向那座籠罩在蒼茫夜色中的深宅大院。此時此刻，也不知道那場戲演到了哪裡？

小雪沒有跟著我們離開，而是變回白貓，輕輕躍上牆頭，看了我一眼，就跳了進去。也許，她是想再去陪陪那個女孩子吧？

之後的一段時間，我一直在忙著趕稿。

小雪彷彿失蹤了一般，始終沒有出現，有時候阿寶會拿著一根長長的羽毛趴在窗邊等，可是什麼都沒有等到，只能去追著影妖玩了。

九夜仍是那種清閒又安逸的生活狀態，就好像與世無爭的退休老人，喜歡整天靠在沙發裡曬曬太陽，看看書，喝喝茶。

我偶爾在寫稿的空檔抬起頭來，看著那張沐浴在金色陽光下的俊美臉龐，恍恍惚惚地會產生一種錯覺，似乎我已經認識這傢伙很久很久，久到上輩子就是同生共死的好兄弟……

每當這種感覺自心頭浮起，我便會莫名地頭痛，只有收住思緒，什麼都不去想，不去思考，痛疼才會稍微緩和下來。

就這樣，過了一個多月。

傍晚，吃完晚飯，我無所事事地趴在電腦前瀏覽網頁，無意中在網路新聞看到了一則不起眼的簡短訃告，訃告上的死者叫做毛遠華，享壽一百零三歲。

我之所以會留意這則訃告，是因為老人的名銜，他被稱為——中華柳葉笛曲最後的傳承者。

我心下一動，隱隱感覺到了什麼。

第二天上午，根據記憶中的路線，我再次回到那座深宅大院所在的地方，可是一片茫茫曠野之上，那棟古色古香的建築蕩然無存。

果然，那齣戲，終於落幕了。

不知為何，我感覺好像是鬆了一口氣。

不過，作為一齣曾經紅遍街頭巷尾的經典名戲，我不願看到它從此銷聲匿跡，所以我決定把《芳草碧雲天》這部戲曲的故事寫下來，想讓更多人看到。

為了收集更完整的資料，三天後，我拜訪了毛遠華的一名直系親屬。

對方是毛遠華的外孫，今年六十多歲，聽說我想要瞭解關於《芳草碧雲天》這部戲，他便和我講了很多，還從毛遠華的遺物中翻出一本厚厚的筆記，本子裡貼滿了當年的報紙剪報。

我捧著筆記本，一頁一頁地翻看著，視線從那一張張早已經泛黃的舊報紙上掃過去，卻驀然間定格在一張照片上。

我不確定地皺了皺眉，低下頭仔仔細細地看。

那是一張拍攝於一九三七年六月的黑白照片，拍攝地點是在一間茶館裡。茶館的正前方是戲臺，戲臺上有個吹笛人正在用柳葉吹奏樂曲，戲臺下座無虛席。

．

令我感到震驚的是，我在照片上看到了一張眼熟的面龐！

那是個二十出頭的年輕人，穿著一襲長衫，坐在戲臺下方的第一排，手裡握著一盞茶水，俊秀的面龐上帶著人畜無害的溫和笑容。

這個人……不正是九夜嗎？

我心下駭然，整個人愣在當場。

第十一章

白先生

照片上的那個人，到底是不是九夜？

還是只是恰巧長得相像，其實是別人？

又或者，那個人是九夜的親戚，所以才會那麼像？

連續一個多禮拜以來，這些疑問一直在我心底裡反反覆覆地翻騰。

說實話，我不願意承認照片上的人是九夜，可是我無論如何都無法說服自己。

照片上的那個年輕人，不僅相貌一模一樣，臉上流露出來的那種九夜獨有的招牌笑容，以及隱藏在眉宇間那一絲舉重若輕的淡然神態，並不是隨隨便便就能模仿得出來的。

我幾乎可以百分百肯定，照片上那個坐在茶館裡聽戲的年輕人，不是別人，就是九夜。

然而，這張泛黃的黑白照片拍攝於一九三七年，那時候的九夜看起來才二十出頭，照此推算的話，他少說也有一百多歲了……

為什麼至少一百多歲的人，如今看起來和二十多歲沒有差別？為什麼時間對他起不到作用？為什麼他還是那麼年輕？

了。

我甚至懷疑，也許不僅僅是一百年前，可能在更早的時候，他就是這個樣子

也許在清朝，在宋朝、唐朝……在更遙遠的年代裡，他一直保持著二十多歲的模樣，穿越過時代變遷，經歷過滄海桑田，直到今時今日……

想著想著，我被自己這個驚人的結論嚇到了。

九夜他……到底是什麼人？

或者說，他究竟……是不是人？

天，這段時日以來，我到底是在和什麼「妖魔鬼怪」朝夕相處？

九夜又為什麼會邀請我當助手？為什麼要留我在身邊？

難不成……他是要把我養肥了吃掉嗎？靠！

萬籟俱寂的午夜時分，我一個人端著咖啡，站在窗前胡思亂想著，越想越覺得害怕，未知的恐懼自心底裡慢慢浮起。

就在這時，有人冷不防拍了我的肩膀，嚇得我整個人跳了起來。

匡噹一聲，咖啡杯摔碎在地。

九夜愕然地看著我，問：「怎麼了？剛才叫你好多遍都沒反應。」

我勉強抑制住內心的慌亂，搖搖頭，僵硬地笑了笑，說：「沒、沒什麼，剛才在想事情……沒聽到你叫我。」

「哦？在想什麼？」

「在……在想工作的事。」

我緊張地咽了口唾沫，一邊說著，一邊蹲下身去撿地上的玻璃碎片。

九夜剛好也彎腰撿碎片，和我的手背碰到了一起，我猛地縮回了手，往後退了一步。

我意識到了自己的舉動太過反常。

九夜看著我，漆黑深邃的眼眸裡劃過一絲難以捉摸的複雜意味。

過了幾秒，他微微一笑，平淡地說道：「小默，你最近好像一直在刻意迴避我，不太主動跟我說話，甚至不願意靠近我，就連吃飯都故意和我錯開時間。是發生什麼事了嗎？」

我猶豫了許久，始終沒有勇氣將照片的事說出來。

過了好一會，我結結巴巴地說道：「那個……打、打擾了你那麼長時間，真是不好意思，我……我準備明天就回去了……」

說完，我低下頭，不敢與他對視。

九夜一時間沒有說話，隨後淡淡一笑，說：「嗯，好，我知道了。」

我抬起頭，剛好看到他的背影從房門口走出去。

不知道為什麼，在我覺得他的背影看起來有種說不出的孤獨感，而這種孤獨感，讓我感覺很難受。

我情不自禁地追了出去，連自己都無法控制地大聲問道：「阿夜，我可以相信你嗎？」

九夜在樓梯口停下腳步，微笑著反問：「你願意相信我嗎？」

「我……」

我愣了愣，答不出來。

九夜淡淡地笑了一下，眼神裡似乎帶著疼痛與悲傷。

「阿夜，我……」

我往前走了一步，還想解釋點什麼，可是九夜已經下樓了。

寂靜的午夜，我一個人呆在原地，愣愣地站了許久。

第二天上午，我睡醒時九夜就不在了。

我知道，他是刻意避開的。

阿寶站在房間門口，擺出一副可憐兮兮的憂傷表情。影妖從角落裡跳出來，也眨著眼睛無聲地注視著我。

我蹲下來，笑著摸了摸阿寶的頭，給他一顆草莓軟糖。

阿寶卻史無前例地推開了他最愛吃的草莓軟糖，伸手拉住我的衣服，含淚哀求道：「小默默，不要走，不要走……」

我無言以對地看著他。

呵，這小傢伙，一定是昨晚偷聽到了我和九夜的對話。

說真的，冷靜下來後仔細想想，我也覺得就這樣一走了之不太好。

畢竟這麼長時間以來，九夜從來沒有做過任何傷害我的事，而且，和他在一起的這段時日我也非常開心。

我們兩個人經常一起喝酒，聊天到深夜，我喜歡聽他講的故事，他也喜歡吃我做的飯菜，還有我跟著他一起經歷過的那些奇奇怪怪的事件，如今仔細回想起來，仍覺得是我生命中極為珍貴的回憶。

所以，其實我並不怎麼在乎九夜他究竟是人是鬼，是魔是妖。

在我心底裡，早已經把他當成了摯友。

可是現在這令人尷尬的局面，又該如何挽回？

我忍不住輕聲嘆了口氣，回頭看了眼昨晚整理好的行李，然後一個人去了附近的咖啡館，一邊喝檸檬水，一邊啃三明治，心情煩躁無比。

就在三明治快要吃完的時候，我看到眼前來了一個人。

他連招呼也不打，直接在我對面的座位上堂而皇之地坐了下來，然後揚起嘴角對我笑了笑，說了句：「真巧，我們又見面了。」

「噗！咳咳，咳咳咳……」

看著這個穿著一身白衣的年輕男人，我突然間被三明治噎到，趕緊抓起杯子猛灌了一大口水，才終於將食物咽下去，隨後睜大眼睛結結巴巴道：「你、你……你就是……就是那天……」

如果我沒有認錯，這個人，就是在餓鬼事件中，那天晚上站在死者住處窗外的白衣男人！天啊，我居然又看到他了？

怎麼會那麼巧，難道他也來這間咖啡館吃早飯？

不，這應該……不是巧合吧？

我警惕地往後退，問：「你是什麼人？」

「我姓白，白瑞澤，你可以稱呼我為白先生。」

男人彬彬有禮地微笑。

雖然這個男人的模樣十分英俊，可是並不覺得面目和善，尤其是從他眼睛裡射出的那兩道陰鷙的眸光，有種讓人不寒而慄的冷酷感。

「白先生？」

我皺了皺眉，這個稱呼，我已經是第三次聽到了。

之前將那幅六耳女妖水墨畫送給賀曉偉的人，以及那個暴發戶地產商王泰富請來做法、用縛魂陣困住趙胤飛將軍靈魂的人，都叫白先生！

這個白先生，究竟是何許人也？

我警戒地看著他，道：「白先生，如果我沒有猜錯，此時此刻，你是特意來這裡找我的，對嗎？」

白瑞澤笑了笑，也不拐彎抹角，直接回了一個字：「對。」

於是我也直接問：「你找我有什麼事？」

白瑞澤停頓了幾秒，說了句很奇妙的話。

他說：「我是來救你的。」

「什麼，救我？」

我忍不住失笑了出來，道：「抱歉，我不明白你在說什麼。」

白瑞澤看著我的眼睛，緩緩道：「你知不知道，你現在的處境極其危險。」

「危險？為什麼？」

「因為你的朋友。」

「你是說九夜？」

白瑞澤勾了勾嘴角，反問：「你知道他是什麼人嗎？」

「不管阿夜是什麼人，他都是我的朋友。」

「呵，朋友？」白瑞澤低聲笑了出來，道，「這還真是我聽過最好笑的笑話，居然有人會把一隻怪物當作朋友？」

我不禁愣了愣，白瑞澤卻笑得越來越詭祕，彷彿不勝唏噓似地嘆了口氣。

「真是可憐，原來你什麼都不知道嗎？你所謂的朋友，其實是個怪物，你現在就像是站在一隻饑腸轆轆的猛獸身旁，隨時都有可能被吃得連骨頭都不剩。

所以我剛才說，你目前的處境，極其危險。」

我半信半疑地看著他，咬著嘴唇沒有出聲。

隔了一會兒，白瑞澤又道：「不如，讓我來幫你吧？」

我注視著他，問：「你打算怎麼幫我？」

白瑞澤拿出一只小瓶子，貼著桌面推到我眼前，說：「只要你能想辦法讓他喝下這瓶東西，你就安全了。」

「這是什麼？」

我拿起小瓶子疑惑地看了看，發現裡面裝了半瓶血黃色的液體，液體看起來非常濃稠，也不知道摻雜了什麼，古裡古怪的。

「這是黃泉水。」白瑞澤回答。

「黃泉水？」

「魑魅魍魎妖魔鬼怪，無論任何東西，只要喝下黃泉水，就會被腐蝕五臟六腑，全身潰爛，吐血而亡，所以，你只要——」

「開什麼玩笑！」

我抑制不住內心的憤怒，一把揪住這傢伙的衣領，咬牙切齒道：「無論是魑魅魍魎，還是妖魔鬼怪，阿夜他都是我的朋友，我絕不會允許你傷害他！」

頓了頓，又道：「還有，最好別再讓我看到你。」

說完，我頭也不回地離開了。

還沒等我走到店門口，白瑞澤就從快步追了上來，冷不防地抬手，遮了一下我的眼睛。

他的速度極快，我來不及躲開，只感覺眼前一黑，隨即整個人暈眩了幾秒。

當我再次睜開雙眼之時，卻莫名其妙地看到面前居然擋著一塊巨大的透明玻璃，隔著玻璃，我五步之遙的正前方倒著一個年輕人。

那個人一動不動地側躺在咖啡館的地板上，穿了件連帽深色上衣，淺色牛仔褲。

雖然他背對著我，但我還是一眼就認了出來。

因為那個人，不是別人，正是我自己！

為什麼……為什麼我會看到自己倒在地上？

我在做夢嗎？剛才到底發生了什麼事情？

我撲上前，拚命拍打玻璃，一邊拍一邊喊：喂！醒醒啊！醒醒啊！

可是放開嗓子大喊出來的話語，卻沒有任何聲音。

我嘗試著再叫了幾聲，仍然什麼都聽不到。

靠！怎麼會這樣？我是啞了還是聾了，為什麼沒有聲音？

而擋在面前的這堵玻璃牆，又是從哪裡冒出來的？

就在這時，幾個咖啡館的服務生急急忙忙地跑到倒在地上的「我」旁邊，一邊拍著「我」的肩膀，一邊說話。

可是那個「我」徹底失去了意識，絲毫沒有動彈。

有人打了救護車電話，還有一個女生將自己的小包墊在了「我」頭下面，防止血液倒流，這是臨時的急救措施。

不一會兒，咖啡館的其他顧客紛紛圍了上來，大家熱心地看著倒地的「我」，你一言我一語地說了許多，可是我什麼都聽不到。

我就好像靈魂出竅了一樣，眼睜睜地看著自己的軀體被抬上救護車。

這是什麼狀況？我的魂魄脫離了肉體？

我不明所以地往後倒退了幾步，背後又撞上了一堵玻璃牆。

我看了看四周，這才發現原來自己被關在一只小小的透明玻璃瓶裡，瓶口塞著一塊圓圓的軟木塞。

而這個玻璃瓶子，被擺放在咖啡館的桌子上。

也就是說，我被縮小了許多倍，關進了一只玻璃瓶裡？

桌子旁邊陸續有好幾個人經過，我拚命拍打玻璃，大聲求救，可是沒有人聽到，也沒有人看到。

我猜測，也許在常人的眼裡，我現在根本就是隱形的，他們看不見我，只會以為桌子上放著一只普普通通的空玻璃瓶……

靠，那傢伙遮住我眼睛的短短幾秒鐘之內，他究竟幹了什麼事情？

我不可思議地扶了下額，無計可施地貼著玻璃瓶壁，慢慢滑坐了下來。

過了一會兒，有個人走了過來。

白瑞澤對著玻璃瓶裡的我嘲弄地挑了下眉毛，伸手拿起瓶子。

我還沒來得及吼他幾聲，就被塞進了衣服口袋，好像個玩具一樣。

視線被擋住，什麼都看不見，什麼都聽不見，只感覺到整個瓶子在不停地搖來晃去，晃得我一連摔了好幾個跟頭，站都站不起來。

可惡！這傢伙把我關在瓶子裡，究竟是想要幹什麼？

我一直被塞在口袋裡，處於與世隔絕的狀態，時間的流逝也成了一個謎，我甚至不知道外面的世界到底是白天還是黑夜。

也許過了一天，還是兩天？或者更久？

當我再次看到光亮，發現自己已經被帶到了一座山上。

天空灰濛濛的，風很大，四周荒無人煙。

白瑞澤把我握在掌心裡，對著瓶子微微一笑，然後似乎說了句話。

我完全聽不到，只能用力拍打玻璃，朝他無聲地咆哮。

混蛋！放我出去！放我出去！快放我出去！

我越是叫得聲嘶力竭，這傢伙便越是笑得一臉玩味。

該死，他到底打算做什麼？

我漸漸冷靜了下來，仔細觀察四周。白瑞澤正帶著我一路往山頂走，最終停在一處斷崖前。

而懸崖邊，有個無比熟悉的身影！

九、九夜？他為什麼會出現，是白瑞澤叫他來的嗎？

我忽然明白了過來，白瑞澤這傢伙，恐怕是想拿我威脅九夜吧？他和九夜之間是不是有什麼深仇大恨？真是可惡！

我忿忿地咬牙，貼著玻璃看著九夜。

九夜也看了我一眼，給了我一個安心的笑容。

他和白瑞澤說了點什麼，白瑞澤情緒越來越激動，握住瓶子的手掌也越來越用力，我有些擔心玻璃瓶會被他捏碎。

可是突然間白瑞澤又張狂地大笑了起來，也不知道在笑什麼。

他們兩個人對峙了幾秒，隨後白瑞澤拋過去一樣東西。

九夜抬手接住，拿在手裡看了看。

我瞇起眼睛仔細一瞧，白瑞澤扔過去的居然是那瓶黃泉水！

靠！他想要幹什麼！

我心底浮起極其不祥的預感。

不，不要……阿夜，不要上他的當，那瓶水有毒！

我心急如焚地看著九夜。

九夜臉上帶著一如既往的淡然微笑，看了看我，打開了那東西的瓶蓋。

不！不要！阿夜！阿夜！不要喝！不要喝！

我瘋狂地拍打玻璃牆，急得眼淚都要掉出來。

可是沒有用，九夜毫不猶豫地抬起頭，將那瓶黃泉水一飲而盡！

喝完之後，他向白瑞澤伸出了手。

白瑞澤看看我，笑了笑，伸出手把我遞了過去。然而就在玻璃瓶快交到九夜手中之際，他用力一拋，把玻璃瓶扔了出去！

我只感覺到一陣天旋地轉，整個人在瓶子裡骨碌碌地翻滾。

九夜一個箭步撲上前，想要抓住我，可是瓶子從他的指縫滑脫，在半空劃過一道高高的拋物線，筆直地墜入懸崖。

天啊！

瓶子不斷下墜，四周景物迅速交替變換。我顫慄著低下頭，看見懸崖底下竟然有無數雙手！

無數雙膚色青灰、骨瘦如柴的人手！

那些手就好像瀕臨死亡的溺水者，張開五指，不停地抓向半空。

靠！這是什麼！為什麼會有那麼多雙手！這到底是什麼地方！

我還來不及震驚，瓶子就已經掉了下去！

砰的一聲脆響，玻璃瓶破碎，我摔了出來，瞬間就被那些青灰色的手抓住了。

鐵爪一樣鋒利尖銳的手指勾入我的皮膚，我痛得滿地打滾，踉蹌著從地上爬起來，一邊逃一邊回過頭。

無數赤身裸體、瘦骨嶙峋的人類從四面八方向我聚集。他們個個面目猙獰，皮膚潰爛，不停從乾癟的嘴巴裡發出嘶啞的喉音。

我被包圍在那些人中間，根本無處可逃，只能眼睜睜看著「殭屍群」撲上來，將我按倒在地。

那些殭屍壓在我身上，不停地啃噬著我的身體！

濃稠的鮮血汩汩湧出，我疼得嘶聲哀號，奮力掙扎，可是整個人就如同落入饑餓獸群的獵物，絲毫沒有機會逃脫，只能痛苦而絕望地等死。

直到被啃食得幾乎只剩下半個軀體，一個明亮的光球落了下來，剛好懸浮在我頭頂上方半米處，瞬間爆裂，綻射出千萬道刺眼的強光。

剎那間，所有殭屍都被彈開，遠遠地飛了出去。

我倒在血泊之中，已經無力動彈，在萬丈光芒之中也睜不開眼，只感覺到有人把我抱了起來，摟在懷裡。

「小默，沒事了，別怕，有我在。」

耳邊響起了令人安心的溫柔聲音，我的淚水情不自禁地落了下來。

還沒來得及說出一個字，我便徹底失去了意識。

醒來時，我發現自己躺在醫院的病床上。

「小默，你終於醒了？你知不知道你快嚇死媽媽了……」

母親哭紅了雙眼，緊緊抱住我。

「媽，我沒事了，不要擔心。」

我一邊安慰著，一邊低頭看了看自己。

手腳健全活動自如，一切安好，沒有任何異常。

我知道，我的魂魄終於回到了身體裡，而之前被殭屍啃噬得面目全非的那一幕幕駭人鏡頭，簡直如同一場噩夢。

一場我永遠也無法忘記的噩夢。

如今，夢終於醒了。

父親告訴我，我是突然在咖啡館裡昏倒，被送到了醫院急救。醫生查了半天什麼都查不出來，各項診斷資料都顯示我非常健康，卻偏偏醒不過來。醫生無計可施，母親急得每天以淚洗面。

父親嚴厲地看著我，責問道：「你最好解釋清楚，這幾個月你究竟到哪裡去了？你真的是去出差了嗎？你到底在做什麼工作？」

一連串的問題落下，我無言以對。

母親拉了拉父親的衣袖，說：「小默他剛剛醒來，你就不能等一下再問嗎？」

看著父母憂心忡忡的憔悴面龐，我深深低下了頭，滿懷愧疚地說：「爸、媽，對不起，這些問題我以後一定會向你們解釋，但是現在，我必須要去一個地方。」

我下了床，一邊穿起外套，一邊快步走向病房門口。

背後傳來了父親的喝斥：「站住！你去哪裡？」

可是我沒有時間停留，心急如焚地衝出了醫院。

九夜從那地獄般的山谷裡救了我，但是他自己，卻喝下了那瓶黃泉水！按照白瑞澤的說法，喝下黃泉水，便會腸穿肚爛，吐血而亡！

阿夜，你一定不能有事！一定不能有事！

我一路狂奔回到別墅，九夜卻不見蹤影，樓上樓下各個房間都找了一遍，到處都找不到人，而他的手機號碼，也處於停用狀態。

九夜不在？他去了什麼地方？

我氣喘吁吁地扶著牆壁，阿寶眼淚汪汪地走了過來。

「小默默，你終於回來了，我好想你，好想你……」

他拉住我的衣襬，大顆大顆的淚珠掉了下來。

「阿寶，我回來了，乖，不哭。」

我抱住了這個小傢伙，摸了摸他的頭髮，問：「阿夜呢？他在哪裡？」

阿寶抬起頭，哽咽道：「阿夜他……他讓我轉告你……他要出去一陣子，請你不要擔心，也不用等他回來……」

我立刻抓住阿寶的肩膀，急著追問：「他去哪了？」

「不知道。」阿寶搖搖頭。

「他有沒有說什麼時候回來？」我又問。

阿寶仍舊搖頭。

我猶豫著問：「那麼他……他之前回來的時候，還好嗎？」

阿寶還是搖搖頭，呢喃著說：「不太好……」

「不太好？不太好是什麼意思？」

「他一直在吐血。」

我愣了一下，心口疼得透不過氣來。

該死！九夜這傢伙去了哪裡？他現在到底怎麼樣了？

他叫我不用等他回來……究竟是什麼意思……

我緊緊握著拳，倒退了兩步，頹然跌進沙發裡。

尾聲

整整三個月，九夜一直沒回來。

我回到了那棟別墅，因為我想在那裡等他。

我把我撒謊出差的事情向父母坦白了，我告訴他們自己現在在寫稿，有和文學網站簽約，想試著走走看這條路。

在得到了他們的原諒之後，我收拾了東西從家裡出來。

母親問我去哪，我說我要去一個地方等一個人。

是的，我總覺得九夜一定會回來。

雖然我不知道究竟是什麼時候，但是我相信，他一定會回來。

一定。

——《今宵異譚卷一 魍魎之夜》完

番外

雨和尚

今宵異譚

こよいいたん

夏天是個雷雨多發的季節。

有時候連天氣預報都測不準，雨說下就下，來勢洶洶。

我沒有帶傘，被滂沱大雨困在一條小巷子裡。

和一群死黨兄弟小聚，有人喝多了，我順路先把那個人送回家，然後抄了條近道，穿進這條巷子裡，誰知還沒走到一半突然下起暴雨來。

豆大的雨點傾瀉而至，如同鞭子一樣抽打大地，劈里啪啦的雨聲在耳邊迴盪，天空不時閃過一道道雪亮的雷電，宛若一條條穿梭飛舞的銀蛇，一次又一次將漆黑的夜色照亮。

晚上十點，我狼狽地躲在一小片屋簷下，手機沒電，搬不到救兵，只能等雨停。

雨勢越來越大，幽暗的巷子裡空無一人，我縮在牆角，無奈地看著眼前如瀑布般的雨簾。

轟隆。

銀亮的閃電劃破天際。

整條巷子瞬間亮起，又瞬間暗下。

而就在短暫的一亮一暗間，我好像……看到了一個人？

嗯？怎麼回事？難道是錯覺嗎？

轟隆！又是一道悶雷在頭頂炸響。

這一回我看清楚了，沒錯，在我前方大約五六米處，確實站著一個人。

那是一個和尚，也不知道究竟是幾時來的，當我看見他的時候，他就已經站在那裡了，頭上戴著一頂尖尖的斗笠，斗笠寬闊的邊緣遮擋住了大部分臉孔，只隱約看到他的下巴。

和尚低著頭，身上穿著灰色布袍，脖子上掛著一串念珠，左手拿著一只化緣缽，右手持著一根法杖，一動不動地佇立在傾盆暴雨之中。

我見狀趕緊往旁邊挪動位置，勉強在屋簷底下騰出一小片空地，然後對他招了招手，喊了他一聲，讓他過來一起避雨。

可是和尚沒有理我，甚至沒有看我一眼，紋絲不動地挺立在暴雨之中，渾身上下被雨水淋得濕透。

呃，莫非他是在修行？

我無法理解地撓了撓頭，也不好勉強他，只能眼睜睜地看著他淋雨。

半個多小時後，雷雨終於漸漸止歇，我從屋簷底下走了出來，看到和尚仍然在原地站得筆直，甚至連手上的動作都沒有變換過一絲一毫。

不知怎地，我突然產生了一種莫名的感動與敬佩之情，便從口袋裡掏出了所有零錢，全部放進他的缽裡，然後轉身離開。

回到九夜的別墅已經深夜了。

阿寶正在客廳裡看動畫，看到我進門，他見鬼似地大叫了起來：「嗚哇啊啊啊！小默默！你、你把什麼東西帶回來了啊！」

我不解道：「什麼『什麼東西』？」

阿寶一邊叫一邊往後退，影妖也好像非常不安似地，迅速跳開了。

這時，九夜從二樓書房走了下來，笑了笑，問：「小默，你是不是在雨中遇見了一個化緣的和尚？」

「呃，是、是啊……」

「你是不是給了他錢？」

「嗯，給了……啊咧，等等，你怎麼會知道？」

我疑惑地看著九夜，發現他和阿寶的視線同時集中在我背後，看得我瞬間毛骨悚然背脊發涼。

「喂，你、你們不要這樣嚇我啊，我、我背後難道有什麼東西嗎？」

我回過頭，可是背後什麼都沒有。

我哆哆嗦嗦地拿出影晶石往身後一照，接著忍不住和阿寶一樣哇哇大叫起來。

天啊！我、我、我看到了一個和尚，就是在巷子裡遇到的那個！他竟然就站在我背後！

「嗚哇！怎麼回事！這個和尚到底是什麼人？他、他為什麼要跟著我？」

我驚慌失措地撲向九夜求救。

九夜拍拍我肩膀，笑道：「別緊張，雨和尚不會傷害你。你給了他錢，便是與他結了善緣，他會替你化解一次災難。」

我愣了一下，道：「你是說，這和尚之所以跟著我，是為了替我化解災難？」

「是啊，得人錢財，與人消災，在幫到你之前，他會一直跟著你。」

我不禁滿臉黑線，抽著嘴角喃喃道：「按照這樣說的話，如果我一直沒有碰到災難，他豈不是會一直跟著我？」

「嗯，多了一個保護神，也不是壞事。」

「可、可是……我睡覺的時候他也會站在旁邊看著我？」

「會。」

「上、上廁所的時候呢？」

「也會。」

「那、那洗澡呢？」

「無論你做任何事情，雨和尚都會寸步不離地跟著你。」

「嗚哇！聽起來好變態，我才不要啊！」

我忍不住哭喪著臉哀號。

九夜輕聲笑了出來，說：「你不要刻意用影晶石看，就不會感覺到雨和尚的存在了。他不會妨礙你的日常生活。」

話雖如此，問題是我已經知道背後有個「人」存在，就會忍不住在意，忍不住經常用影晶石看看那和尚。

不過，就像九夜說的，他不會妨礙我的生活，也不會和我說話，只是沉默地站在距離我三步之遙的地方，好像個悄無聲息的背後靈。

就這樣過了一個多禮拜，我恰巧遇到了一次意外。

一個醉酒的司機開著貨車衝上人行道，當時包括我在內，人行道上一共有六個人，除了我之外，其餘五人全都受到了不同程度的傷，其中一個人傷勢嚴重、生命垂危，唯獨我被貨車撞到之後仍舊安然無恙，替我做檢查的醫療人員都連連感嘆，這簡直是個奇蹟。

但是我心裡明白，這不是奇蹟，而是雨和尚救了我。

而自從車禍之後，雨和尚便消失了。

九夜說雨和尚可遇不可求，並且他只會在夏天的雨夜出現。

我本來以為，這輩子大概不會再見到他了，未料一個多月後，我居然又再次看到他。這次他不是跟著我，而是跟著我的朋友。

凱鳴是我的高中同學，中學時代我們感情還不錯，但是高中畢業後他去了美國念大學，我們就再也沒見過面了。

凱鳴是個富二代，老爸是某個知名貿易公司的大老闆，家財萬貫，家中又只有他這麼一個獨子，自然集萬般寵愛於一身，從小就被捧在手心裡長大。

但是後來，我聽說他父親生意失敗，背了巨額債物一個人逃跑，只剩下他和母親兩個人，天天被追債的人逼得東躲西藏。

家道中落，失去了經濟來源，他在美國的學業沒有完成就回來了。

街頭偶遇的那天，我看到他正在一家修車行裡幫人洗車。起初我還沒認出他，只是覺得那張戴著員工鴨舌帽的側臉非常眼熟，直到他轉過頭來，剛好與我四目相對。

「凱鳴？」我脫口而出叫了一聲。

他呆了許久，才對我點了點頭。

我們去附近的餐廳一起坐下來吃午飯。

坐在玻璃窗邊，凱鳴脫下鴨舌帽，露出一張黑黝黝的臉龐。

四年多不見，他變了很多，原先那個膚色白淨、總是喜歡到處拈花惹草的公子哥形象早已蕩然無存，原本嘻嘻哈哈、開朗又外向的個性，現在也變得沉默寡言，坐在我對面整整十多分鐘，他沒有說過一句話。

「好久不見，你還好嗎？」

我打破僵局，一邊問，一邊為他倒了杯茶。

凱鳴伸手接過茶杯，我吃驚地看到，他的右手手背上有一道很長的猙獰疤痕。大概是注意到了我的視線，凱鳴不自覺地縮了一下手。

我趕緊轉開視線，裝作什麼都沒有看到。

整頓飯的氣氛略微尷尬，聊天也聊得不怎麼順暢。

我有點後悔，不應該叫他的，而凱鳴大概……也不想被舊同學認出來吧？心中五味雜陳，很不是滋味，我看著這個曾經一起踢球一起打遊戲、一起瘋一起鬧的好兄弟，正想著該找點話題緩解氣氛，卻發現他不停用手掌揉著自己的後腦勺，看起來不太舒服。

「你怎麼了？」我問。

凱鳴道：「沒事，只是感覺有點頭痛。」

「頭痛？」

「嗯，也不知道怎麼回事，從幾天前開始，後腦勺一直很痛，好像被尖銳的東西戳到一樣。」

「有去看醫生嗎？」

「沒有。」凱鳴搖搖頭，說，「不是很嚴重，也許過幾天就好了，而且，我現在的工作也不允許我請假去看病。」

說著，他苦笑了下。

我低頭喝了口茶，心中忽然一動，偷偷從口袋裡拿出影晶石，趁著凱鳴沒留意，往他後腦勺照了一下。

一看之下，差點驚得我把一口茶水噴出來。

我居然看到了雨和尚！

雨和尚站在凱鳴背後，一手拿著化緣缽，一手舉著法杖，筆直地戳在凱鳴的後腦勺上！

原來如此！難怪他會頭痛！

可這是為什麼？為什麼雨和尚要這樣做？

他站在凱鳴背後，難道不是為了保護他嗎？

「怎麼？我背後有什麼東西嗎？」

凱鳴看看我，又看了看自己身後。

「哦，不，沒、沒什麼……」

我趕緊搖搖頭。

回到住所之後，我將這件事告訴九夜。

九夜坐在沙發裡，放下手中的書卷，淡淡地說：「小默，離你的朋友遠一點，最好不要再和他有往來了。」

「為什麼？」

我又問：「雨和尚為什麼要用法杖指著他？」

九夜笑了笑，說：「世間之事自有因果循環，善有善報，為惡者豈可善終焉？」

我眨了眨眼睛，不明白他說的究竟是什麼意思。

九夜也沒有解釋，只是嘴角綻出一抹意味深長的笑。

「小默，我餓了。」他說道。

「小默默小默默，我也餓了我也餓了！」

阿寶一蹦一跳地跑過來，撲到我身上，抓著我的衣袖不停搖晃。

影妖也跳到我肩膀上，扭了扭它圓滾滾毛茸茸的身體，隨後張開嘴巴，一口將我的腦袋吞進去——這是它這段時間以來最喜歡的惡作劇。

「哇！放開我！可惡！」

我大叫一聲，用力把頭從影妖的嘴巴裡拔出來，然後將這顆毛球遠遠地扔出去。沒過一會兒，它又彈啊彈地跳回來，被我迅速一腳踩在地板上。

阿寶咯咯地笑著說：「球球也喜歡吃小默默做的飯。」

「球球」是阿寶為影妖取的名字。

九夜微笑著，跟了句：「我也喜歡。」

阿寶舉起手大聲道：「我和球球都喜歡！」

影妖扭了扭身體，咧嘴一笑。

「呃，你、你們……所以，今天的晚飯又要我做了，是嗎？」

我滿臉黑線地扶了下額。

自從某天心血來潮，嘗試下廚做了一頓海鮮燴飯之後，這一大一小外加一顆球，便隔三差五地要我做飯給他們吃……

好在九夜對於食物的口味並不挑剔，無論我做出什麼奇奇怪怪的東西，他都照單全收地吃下去，看得連我自己都在擔心他會不會吃壞肚子。

至於阿寶，只要是人類的食物，這小傢伙都覺得好吃得不得了，還一邊吃，一邊餵給影妖。

當然，我也有在努力提升自己的廚藝，畢竟我在九夜家白吃白喝住了這麼久，好歹要有點貢獻才行。

「那今晚我煮番茄義大利麵好不好？」

我一邊問，一邊手忙腳亂地從櫃子裡翻找前兩天買的《菜鳥廚師祕笈》。

「好啊好啊！我要吃我要吃！」

阿寶開心得蹦了起來，影妖更是歡樂地彈到了天花板上。

「哦，對了，阿夜，昨天你去超市有沒有幫我買圍裙？」我問。

「嗯，買了。」

九夜微笑著遞來一條嶄新的帶粉紅色花邊的圍裙。

我忍不住嘴角抽搐，斜眼看著他。

九夜眨了眨眼睛，笑得一臉無辜，說：「小默，我覺得這條粉紅色圍裙很適合你，你覺得呢？」

「適合你個鬼啊！」

嘖，這傢伙，還真是惡趣味！

關於凱鳴和雨和尚的事情，雖然九夜叫我不要去管，可我總覺得放心不下，打了幾次電話給凱鳴，他都沒有接，也沒有給我回電。

我猜測，凱鳴可能不想再看到我，所以最終，我還是放棄了與他聯絡。

就在我漸漸淡忘這件事的時候，我無意中在網上看到一個被很多人轉發的熱門影片。

那是一個虐待小動物的影片，血腥殘忍的畫面看得我怒火油然而生，可是比起憤怒，更令震驚的是，影片中的當事人，居然是凱鳴！

那個人沒有拍到自己的臉，但我認出了他右手手背上的那道傷疤！

看完影片的第一時間，我立刻去了凱鳴所在的修車行。

可是修車行裡的人告訴我，凱鳴已經辭職了，在我的再三懇求之下，終於有一個和凱鳴比較熟的同事，給了我凱鳴現在的居住地址。

我根據地址，在一條狹窄陰暗的巷子裡，找到了那間破舊得幾乎搖搖欲墜的出租套房。

「凱鳴！凱鳴！你在嗎？」

下來。

我一邊喊，一邊拍打房門，震得老舊門框上腐蝕過度的木屑紛紛揚揚地掉落

隔了許久，終於有人來應門。

房門沒有完全打開，只開啟了一道巴掌寬的縫隙，從縫隙裡露出一張蓬頭垢面的黝黑臉孔。

「沈默？」凱鳴吃驚地看著我，問，「你、你怎麼會找到這裡？」

「是修車行的人告訴我的。」我說，「凱鳴，你怎麼辭職了？」

凱鳴仍舊用門板遮著臉，布滿血絲的眼睛警惕地盯著我，問：「你來幹什麼？」

我猶豫了一下，說：「我……我想找你聊聊。」

「聊聊？我覺得我們沒有什麼可以聊的。」

凱鳴的語氣非常生硬，說完便要關門。

「喂！等、等一下！」

我立刻伸手抓住門沿，急著道：「凱鳴，你為什麼一直不接我電話？你最近還好嗎？工作都辭了，接下來你有什麼打算？」

「真他媽的煩人！你是我的誰，我為什麼要回答你的問題？」

凱鳴突然大吼。

我抓住他的衣袖，說：「凱鳴，我只是在關心你，我不想看到你——」

「夠了！少在那裡裝模作樣！」

凱鳴情緒激動地打斷了我的話，道：「自從你來過之後，阿威、子晨、曉峰，甚至毓婷，也都來修車行了！一定是你告訴他們的，對不對？你們這些人，假裝朋友，假裝好人，表現出好像很關心我的樣子，其實不過是來看我笑話而已！我知道你們心裡一定在偷笑！笑我淪落到今天這種地步！」

「不！我沒有，不是我告訴他們的！」

我搖頭爭辯道：「凱鳴，你能不能相信我？我是真的想幫你——」

「你閉嘴！」凱鳴再次打斷了我的話。

就在這時，我隱隱約約聽到從屋子裡傳來一陣陣小貓的慘叫聲。

我立刻想到了那個影片，忍不住問：「凱鳴，你在做什麼？」

「關你屁事！給我滾！」

凱鳴一把推開我，我趕緊撲上前，伸手抓住門框。

砰的一聲，重重關上的房門夾在我的手指上，我痛得倒抽了一口氣，但是仍然沒有放手，用足力氣一下子撞開房門。

屋內，一隻小貓脖子被繩索吊在窗框上，四肢掙扎著喵喵亂叫，旁邊的桌面上擺放著一把水果刀。

「凱鳴！你到底想幹什麼！」

我憤怒地衝上去，把小貓解救下來。

「沈默，把貓給我。」

凱鳴抓起水果刀，一步步走過來。

「你、你要幹什麼？」

我把小貓緊緊摟在懷裡，小心地往後退。

「凱鳴，我今天看到了網路上的影片，那個面對鏡頭屠宰流浪狗、割下兔子耳朵、砍斷貓掌的人就是你，對嗎？」

凱鳴冷冷地看著我，沒有否認。

我難以置信地瞪著他，斥道：「你瘋了嗎？你為什麼要做這種事情！」

凱鳴沒有說話，只是眼神變得越來越冷酷。

「把貓給我。」他又重複了一遍。

「不……」我搖了搖頭，道，「凱鳴，你能不能冷靜點？我知道，這些年來你很委屈，心裡很不好受，但是——」

「閉嘴！把貓給我！」

凱鳴一聲暴喝，猛撲了過來。

我抱著小貓閃身躲避，不小心絆到了桌腳，一個踉蹌，整個人撞在一旁的櫥櫃上。嘩啦一聲，櫃子裡的東西傾覆了一地。

一股腥臭撲鼻而來，我抬起手掌一看，滿手黏稠的血水滴滴答答地流淌下來。

窗外斜射進來的餘暉之中，只見小貓小狗的屍首和斷肢散落一地，還有……還有一顆人類的頭顱！

我嚇得無法動彈，不敢置信地看著那顆人頭。

那是一顆女人的頭顱，披散的捲髮被腥紅血液浸透，從凌亂的髮絲間，我辨認出那張瘦到顴骨突出的臉孔，正是凱鳴的母親。

「你、你……你……」

我連聲音都有些顫抖，驚恐地望向凱鳴，道：「你殺了……你的母親？」

「她不是我母親，只是個瘋女人而已。」

凱鳴神情冷漠，死灰般的眸子裡閃著一抹寒光。

他捲起袖子，向我展示出右手手背上那道長達十多公分的疤痕，說：「看到了嗎？這是她砍的。她早被高利貸的人逼瘋了，瘋到連我是誰都認不出來……我已經受夠了，對她來說，死亡是一種解脫，我也能解脫……」

凱鳴的語氣非常冷靜，就好像在敘述一件與自己毫不相干的事情，而他的口吻越是平靜，我越是感覺到可怕。

「凱鳴，不要這樣……我、我陪你去自首，好不好？」

我看著他，心裡一陣難過。

「自首？你還嫌我不夠慘是不是？呵，你們這些人，看到我坐牢，看到我被判刑，是不是心裡感覺很爽？」

凱鳴一邊冷笑，一邊踱步過來。

「不，不是的……凱鳴，你不要這樣……」

我雙腿發軟，站不起來，只能蹭著滿地的血水一點一點往後退，直到退至牆角，凱鳴高大的身形如同一片巨大的陰影當頭籠罩下來。

「沈默，你今天不該來的……你本來可以不用死，可是現在，我不得不連你一起殺……這是你逼我的……」

凱鳴揮起刀刃。

「啊啊啊！」

一聲淒厲慘叫響起。

不過，慘叫不是我發出來的，而是凱鳴。

鐺啷，水果刀掉落在地，凱鳴抱著頭蹲了下來，神情痛苦萬分。

「啊啊啊！好痛！好痛！頭好痛！」

他嘶聲哀號著，疼得滿地打滾。

我縮在牆角，吃驚地看著他，呆了好幾秒才突然想起來，顫抖著手拿出影晶石往前一照……

在影晶石的折射下，雨和尚將手中的法杖，刺入了凱鳴的頭頂！

凱鳴死了。

醫院的診斷結果，是死於突發性腦溢血。

我坐在警局的審訊室裡，得知這個消息的時候並未太驚訝。

林崎警官坐在我對面，一邊揉著太陽穴，一邊傷腦筋地說：「一個尉遲九夜已經夠我受了，怎麼現在又多出一個你？你說，你們這到底是怎麼回事，嗯？以為自己是死神嗎，走到哪裡，哪裡就死人！」

我咬著嘴唇，沒有吭聲。

一旁做筆錄的麻小凡抬起頭來看我，嘆了口氣。

從警局出來的時候，外面下著雨，雨勢不大，卻很密。

九夜撐著傘，站在路燈下等我。

我慢吞吞地走過去，心情壓抑到說不出話來。

他拍了拍我的肩膀，彷彿看穿了我的心思，道：「不是你的錯，不要為難自己。」

我搖搖頭，無力地說：「要是我能早一點發現就好了，也許事情不會演變到這個地步……要是那天我能再多勸勸凱鳴，多關心他一下，也許……也許可以阻止這一切發生……」

九夜笑了笑，說：「小默，你知道雨和尚的來歷嗎？」

「來歷？」

「其實雨和尚是已經死去的人，他們全都是戴罪之身，因為生前做了壞事，所以要贖罪，才能進入輪迴。」

「你是說，雨和尚之所以會出現，是為了贖罪？」

「對。」九夜點點頭，道，「若是與善者結緣，雨和尚便幫對方度過一劫；若是遇上惡人，雨和尚將對其施以懲罰。無論幫助善者，還是懲罰惡人，都算是在為自己生前的過錯贖罪。所以，你那天看到了雨和尚，其實就已經註定了你朋友的結局。」

我呆了好一會兒，喃喃道：「所以你才叫我別管這件事，對嗎?因為無論我怎麼做，都無法改變結局……」

九夜拍拍我的肩膀，沒有說話。

我也沉默了，迎著撲面而來的綿綿細雨，走在蒼茫的夜色之中。

走著走著，我停了下來。

回過頭，只見不遠處站著一個「人」。

這是我第三次看到雨和尚。他穿著一身灰袍，動也不動地佇立在雨中，微微低著頭，脖子上掛著一串念珠，頭戴斗笠，寬闊的斗笠遮住了臉，看不清楚他的面容。

但是我注意到，他握著法杖的右手手背上，有一道很長很長的疤。

——番外〈雨和尚〉完

高寶書版集團
gobooks.com.tw

輕世代 FW245
今宵異譚 卷一 魍魎之夜

作　　者　四隻腳
繪　　者　六百一
編　　輯　林紓平
校　　對　謝夢慈
美術編輯　邱筱婷
排　　版　彭立瑋
企　　劃　姚懿庭

發 行 人　朱凱蕾
出　　版　英屬維京群島商高寶國際有限公司臺灣分公司
Global Group Holdings, Ltd.
地　　址　臺北市內湖區洲子街88號3樓
網　　址　www.gobooks.com.tw
電　　話　(02) 27992788
電　　郵　readers@gobooks.com.tw（讀者服務部）
pr@gobooks.com.tw（公關諮詢部）
傳　　真　出版部 (02) 27990909　行銷部 (02) 27993088
郵政劃撥　19394552
戶　　名　英屬維京群島商高寶國際有限公司臺灣分公司
發　　行　希代多媒體書版股份有限公司/Printed in Taiwan
初版日期　2017年9月

國家圖書館出版品預行編目(CIP)資料

今宵異譚 / 四隻腳著.-- 初版. -- 臺北市：高寶國際, 2017.09-
冊；　公分. --

ISBN 978-986-361-437-1(第1冊：平裝)

857.7　　106012036

三日月書版

三日月書版

GOBOOKS
& SITAK
GROUP©